Verlangen des Alphas

Buch 3
Die Bären des Blue Moon Saloons

Anna Lowe

Inhaltsverzeichnis

Weitere Titel in dieser Serie

Die Bären des Blue Moon Saloons

Perfekte Gefährten (die Vorgeschichte)

Verlangen des Bären (Buch 1)

Verlangen des Wolfes (Buch 2)

Verlangen des Alphas (Buch 3)

Verlangen des Gefährten (Buch 4)

Verlangen der Wölfin (Buch 5)

Süßes Verlangen (ein Festtagsschmaus)

www.annalowe.de

Kapitel 1

„Mann, wo bleiben die beiden denn?" Soren schaute sich um. „Alle sind bereit, nur sie nicht."

Jessica zögerte, die Schutzfolie am Hals der Sektflasche abzuziehen, und kicherte. „Ich kann mir schon denken, wo Janna und Cole sind – im Bett. Entweder sie dösen noch oder sie vögeln."

Soren seufzte. Das war von frisch verpaarten Gestaltwandlern in seinem wachsenden Clan zu erwarten. Aber mal ehrlich, war es denn zu viel verlangt, sich um elf aus dem Bett zu schwingen?

„Ich gehe sie holen", seufzte er und ging durch die Hintertür des Cafés hinaus und durch den Eingang des benachbarten Saloons, den er mit seinem Bruder betrieb, wieder hinein. Die Treppe knarrte unter seinen Schritten, ebenso wie die breiten Holzdielen des Flurs im Obergeschoss. Schließlich erreichte er die Tür des glücklichen Paares und klopfte an.

„Janna! Cole!"

Das Glucksen, das durch die Tür gedrungen war, brach abrupt ab. Ja, die beiden waren allerdings überaus beschäftigt.

Gefährten, flüsterte sein innerer Bär traurig.

Er schluckte den Kloß in seinem Hals hinunter und klopfte erneut.

„Janna", rief er. Bei der Art, wie das Wort herauskam, zuckte sogar sein innerer Bär zusammen. Er hatte nicht vorgehabt, so schroff zu klingen, aber es war als Bellen herausgekommen.

Freue dich, erinnerte sein Bär ihn. *Freue dich für sie.*

Er freute sich für Janna und Cole. Wirklich. Es fiel ihm nur schwer zu vergessen, dass er selbst auch einst von solchen Morgen geträumt hatte. Glückliche Morgen, an denen er neben seiner Gefährtin aufwachen würde. Unbeschwerte Morgen, an denen er sie im Schlaf lächeln sah. Sinnliche Morgen, an denen eine unschuldige Berührung oder ein schneller Kuss ganz leicht zu mehr werden konnten.

Wenn er die Augen schloss, konnte er sie vor sich sehen. Sarah, seine Schicksalsgefährtin. Letzte Nacht hatte er sie in seinen Träumen gesehen, sogar noch klarer als sonst. Wunderschöne Visionen von Sarah, die ihr Haar über die Schulter warf und ihm von ihrem Tag erzählte. Wie sie sich zu ihm umdrehte und ihn mit ihren unglaublichen smaragdgrünen Augen ansah.

Was gibt's denn zu sehen? würde sie ihn necken.

Dich, würde er sagen. *Nur dich.*

Seine perfekte, vorbestimmte Schicksalsgefährtin. Er konnte sich vorstellen, wie die Sonne auf ihrem feuerroten Haar schimmerte, und ihren Heidelbeerduft regelrecht riechen. Manchmal schien er so frisch und nah zu sein, dass er fast das Gefühl bekam, sie sei immer noch am Leben. An diesem Morgen war er aufgewacht und hatte geglaubt, sie würde draußen auf der Straße herumlaufen. Es hatte sich so schmerzlich real angefühlt, so quälend nah.

Er krümmte seine Finger, streckte sie wieder und ballte sie erneut. Ein kleines Ritual, das den Schmerz und die Wut in Schach hielt und außerdem seine Bärenkrallen sicher verbarg. Später würde er in den Wald gehen und mit diesen langen Krallen über die Stämme einiger Bäume kratzen. Er würde seinen Bären heulen und brüllen lassen, wie er es als Mensch nicht herauslassen konnte. Er würde einen Baum nach dem anderen zerfetzen, bis er erschöpft, blutend und bereit wäre, so zu tun, als wäre er mit den Karten, die das Schicksal ihm auch an diesem Tag zugespielt hatte, völlig zufrieden.

Er räusperte sich und rief erneut. „Kommt schon! Jess will uns alle unten haben, sofort."

Für Jessica war es ein wichtiger Tag: der Tag vor der Eröffnung ihres neuen Geschäfts, dem Café neben dem Saloon. Eigentlich war es ein wichtiger Tag für jeden einzelnen von ihnen – die Handvoll Wolfs- und Bärengestaltwandler, die sich in dieser hoch gelegenen Stadt in Arizona zusammengeschlossen hatten. Sie wuchsen als Geschäft und als Clan. Sie schauten in die Zukunft. Als Alpha war es seine Aufgabe, alles zu leiten und zu koordinieren.

Und in die Zukunft zu schauen, murmelte sein Bär wenig enthusiastisch. *Nicht in die Vergangenheit.*

Es wäre leichter zu bewerkstelligen, wenn seine Gefährtin noch am Leben wäre. Und das wäre sie auch, wenn er in der Nacht des Schurkenangriffs, dem sie, zusammen mit zu vielen anderen, die bei lebendigem Leibe verbrannt worden waren, zum Opfer gefallen war, nicht abwesend gewesen wäre.

„Bewegt euch endlich", sagte er, sowohl zu sich selbst als auch zu dem glücklichen Paar hinter der Tür.

Er stapfte die Treppe hinunter und zurück ins Café, wo er sich seinen zweiten Kaffee des Tages gönnte. Während er daran nippte, dachte er an seinen Großvater, den legendären Alpha, der noch Jahrzehnte nach dem Tod seiner Gefährtin weitergelebt hatte. Jahrzehnte, die vielleicht seine besten als Alpha gewesen waren, denn er hatte ausschließlich für den Clan gelebt.

Soren schnaubte. Technisch gesehen müsste das bedeuten, dass er dazu bestimmt war, der beste verdammte Alpha aller Zeiten zu werden, weil er seine Gefährtin so jung verloren hatte. Er war noch nicht einmal vierzig, verdammt noch mal. Noch nicht einmal annähernd. Er hatte nicht einmal die Chance bekommen, sich mit der Liebe seines Lebens durch einen Paarungsbiss zu verbinden, bevor sie starb. Er hatte nicht die Gelegenheit gehabt, ihr zu offenbaren, wer – oder was – er wirklich war. Ein Bärengestaltwandler – und ein verdammt wilder noch dazu, der bis zum Tod für sie kämpfen würde, wenn er nur die Chance dazu gehabt hätte.

Er verfluchte das Schicksal zum tausendsten Mal in diesem vergangenen Jahr und schlurfte hinüber zu den Gestaltwandlern, die sich im vorderen Raum versammelt hatten, um auf die Eröffnung des Cafés anzustoßen.

„Kommen sie?", fragte Simon, sein Bruder, – der einzige andere Bärengestaltwandler in ihrem ungewöhnlichen kleinen Clan

Soren nickte und schaute sich um. Die anderen drei Anwesenden waren allesamt Wolfsgestaltwandler, zwei vom benachbarten Twin Moon Rudel und die andere, die Gefährtin seines Bruders, Jessica. Die Frau, um die es hier ging.

Er holte tief Luft und tat, was ein guter Alpha tun sollte: Er schloss sein eigenes Bedauern weg und konzentrierte sich auf das Wohl seines Clans.

„In Ordnung, Leute. Auf geht's", sagte Jessica, als Janna und Cole endlich auftauchten. „Auf das Quarter Moon Café."

„Auf das Quarter Moon Café", stimmten alle mit herzlichem Beifall ein.

„Auf eine großartige Geschäftsführerin." Tina, die ihnen bei der Anmietung der Immobilie geholfen hatte, hob ihr Glas in Jessicas Richtung.

Soren hob sein Glas noch höher. Jess hatte es verdient, bei all der Arbeit, die sie im Saloon und jetzt auch im Café geleistet hatte.

„Auf ganz viele Muffins", fügte sein Bruder hinzu.

„Auf noch mehr Arbeitsstunden", fügte Janna mit einem schiefen Lächeln hinzu.

Soren nickte vor sich hin. Das war das nächste Problem, das er lösen musste: er musste mehr Personal für den Saloon und das Café finden. Auch wenn die meisten Kunden Menschen waren, wäre es sicherer, wenn das Personal ausschließlich aus Gestaltwandlern bestand. Andernfalls könnte es leicht passieren, dass ihre Fähigkeiten als Gestaltwandler ans Licht kämen. Das war das Einzige, was Wandler wirklich fürchteten: Enttarnung. Auch wenn die meisten Gestaltwandler friedliche, gesetzestreue Typen waren, konnte man doch nicht sagen, was für einen Aufschrei es geben würde, wenn die Menschen herausfanden, dass gestaltwandelnde Wesen unter ihnen lebten.

„Ich habe jemanden gefunden, der die ganze nächste Woche hier aushelfen kann", sagte Tina. „Danach... Nun, ich arbeite daran."

Der Schatten eines Fußgängers bewegte sich an den Fenstern vorbei und Soren blickte unwillkürlich auf. Verdammt, diese Träume, die er letzte Nacht gehabt hatte. Jetzt sah er Sarah überall. Ihr wallendes rotes Haar. Das Lächeln, das seine Welt erstrahlen ließ. Das wilde Temperament, das sich unter der Oberfläche einer harten, nüchternen Frau verbarg.

Er wandte sich vom Fenster ab und schüttelte den Kopf. Er war nicht dazu erzogen worden, ein Narr zu sein. Er war dazu erzogen worden, der Alpha eines Bärenclans zu werden, und verdammt noch mal, genau das würde er auch tun.

Er zwang sich, mit Tinas Gefährten Rick, dem Besitzer einer örtlichen Ranch, über Geschäftliches zu sprechen. Doch an der Eingangstür brach ein Tumult aus und er konnte nicht anders, als aufzuschauen. Cole führte jemanden von der Straße herein und die Frauen im Café eilten herbei, um zu helfen. Was war denn los?

„Oh, Sie armes Ding", sagte Jessica zu der spindeldürren Frau, die von Cole zu einem Stuhl geführt wurde.

Wahrscheinlich nur eine Touristin, die zu viel Arizona-Sonne abbekommen hatte. Aber aus irgendeinem Grund überschlug sich sein Puls, als wäre sie eine lang vermisste Freundin.

„Rick, hole ihr ein Kissen", sagte Tina.

„Und bringt ihr auch ein Glas Wasser", fügte Jess hinzu und kniete sich neben die Frau.

„Wird gemacht." Soren trat an den Tresen und holte ein Glas. Er zählte bis zehn, während er es füllte. Verdammt, warum zitterte seine Hand? Und warum schlug sein Herz plötzlich auf Hochtouren? Es war ja nicht so, dass er Zeuge eines schrecklichen Unfalls geworden wäre. Es war nur eine Frau, die sich schwach fühlte. Doch sein innerer Bär reagierte, als wäre dies viel mehr. Er pirschte auf und ab und knurrte in seinem Kopf.

Was? wollte er brüllen. *Was?*

Er warf einen Blick hinaus, während er das Glas zu der Frau brachte. Erst vor ein paar Wochen hatte eine Bande von Schurken die Mitglieder seines Clans zum zweiten Mal angegriffen. Waren sie wieder da? War sein Bär deshalb plötzlich in Alarmbereitschaft?

Aber er konnte keine verdächtigen Fahrzeuge oder herumschleichende Fremde sehen. Draußen war an einem Sonntagmorgen nicht viel los. Das ganze Geschehen spielte sich im Café ab.

Er kniete sich vor die Frau und streckte ihr das Glas entgegen. Die Hand, mit der sie nach dem Glas griff, war von bösartigen Brandwunden überzogen und er zuckte ein wenig zusammen, als er sie sah.

„Es geht mir gut", sagte die Frau und drückte die Schultern durch. Der Schleier ihres Haares fiel zurück und Soren erstarrte.

Alles erstarrte. Sein Herz hörte auf zu schlagen. Das Blut hörte auf, durch seine Adern zu pulsieren. Seine Lungen versagten mitten im Atemzug und selbst sein Bär rüttelte nicht länger an den Gitterstäben des mentalen Käfigs, in dem er ihn gefangen hielt. Er stand absolut still.

Ihr Haar war dunkler. Auch ihr Duft hatte sich ein wenig verändert. Und sie war dünn – viel, viel zu dünn. Aber in dem Moment, in dem sein Blick auf die unfassbar grünen Augen fiel, wusste er es.

„Soren?" Es war kaum ein Flüstern, aber ihre Stimme schoss direkt in sein Herz.

„Sarah?", brachte er hervor.

Gefährtin! brüllte sein innerer Bär. *Sie lebt!*

Es war Sarah. *Seine* Sarah. Lebendig!

Er wollte sie packen und mit ihr herumtanzen. Er wollte sie an seine Brust pressen und niemals mehr loslassen. Er wollte so laut brüllen, dass ihn sogar Leute in Montana hören würden. Er wollte sie hinsetzen und sie mit deftigen Mahlzeiten füttern, um sie nach der Krankheit oder den harten Zeiten wieder aufzupäppeln, die sie so abgemagert hatten.

Doch bevor er eines dieser Dinge tun konnte, rutschte ihre Hand zu ihrem Bauch. Ein ausgedehnter, basketballgroßer Bauch, der so gar nicht zu dieser dünnen Gestalt passen wollte. Sein Atem stockte, als sein Verstand langsam verarbeitete, was das bedeutete.

Schwanger. Sie war schwanger.

Für den Bruchteil einer Sekunde hätte sein Bär fast einen Freudensprung gemacht. Aber dann holte ihn sein Verstand ein und rechnete nach. Er hatte Sarah seit fast einem Jahr nicht mehr gesehen – seit dem Zeitpunkt, an dem er gezwungen worden war, seine Heimat zu verlassen. Plus die Monate seitdem, in denen er sie für tot gehalten hatte. Fast ein Jahr, was bedeutete. . .

Das Glas, das er in der Hand hielt, glitt aus einem Griff und seine Sicht verschwamm, als er rot sah.

„Soren!", rief Jessica.

Er hörte es kaum, denn seine Ohren füllten sich mit einem Gebrüll, das laut genug war, um ihre Stimme und das ohrenbetäubende Geräusch von zersplittertem Glas zu übertönen. Und seine Beine. . .

Seine Beine wirbelten ihn herum und trugen ihn aus dem Zimmer, bevor sein Bär ausbrechen konnte und etwas oder jemanden zerfleischte.

Er konnte nicht klar denken. Er konnte nicht atmen. Er konnte nicht reagieren, nicht einmal auf Sarahs flehende Augen, die zu weinen schienen: *Bitte, bitte, lass es mich erklären.*

Kapitel 2

Sarah schloss die Augen, sank auf ihrem Stuhl zurück und ignorierte die Stimmen um sie herum.

„Oh, Sie armes Ding."

„Ach Schätzchen, das wird schon wieder."

„Moment, ich hole Ihnen ein neues Glas."

Jemand fegte mit einem Besen vor ihren Füßen entlang, um die Glasscherben zu entfernen. So schön ordentlich. Wenn sie das Chaos in ihrem Leben doch nur genauso auffegen könnte.

Sie hatte nur noch zwanzig Dollar in der Tasche. Sie war so erschöpft, dass sie kaum noch geradeausschauen konnte. Und der einzige Mann, den sie jemals geliebt hatte – der einzige Mann, den sie jemals lieben *würde* –, hatte sich gerade von ihr abgewandt und war angewidert davongelaufen.

Mit offenem Mund stützte sie ihren Kopf auf den Händen ab. Sie hätte geweint, aber sie war zu müde, zu schockiert, zu viel von allem. Für einen kurzen Moment war ihre ganze Welt mit Hoffnung und Licht erstrahlt. Ein verrückter Zufall hatte sie zu dem Mann geführt, von dem sie seit einem Jahr jede Minute eines jeden Tages geträumt hatte. Das Leben war so perfekt gewesen, als sie und Soren zusammen waren. Erst als er Montana verlassen hatte, war alles bergab gegangen. Und das schnell.

Gott, wie sehr sich die Dinge verändert hatten, und wie rasend. Früher hatte sie davon geträumt, wilde Pferde zu zähmen, Berggipfel zu erklimmen oder mit einem Wolfsrudel zu laufen. Abenteuerliche Kleinmädchen-Träume, an denen sie bis weit ins Erwachsenenalter festgehalten hatte. Aber die letzten Monate hatten alles verändert und jetzt wünschte sie sich nichts weiter, als den nächsten Tag zu überleben.

Zumindest hatte sie das gedacht, denn als sie Soren gesehen hatte, hatte sie plötzlich Lust auf tausend andere Dinge bekommen. Das sanfte Spiel seiner Finger über ihren. Das Kratzen seiner Bartstoppeln an ihrer Wange. Die Wärme seiner Umarmung und die Emotion in seinen strahlenden blauen Augen, wenn sie in die ihren blickten. Seine starke Statur neben ihrem Körper, so beruhigend nah.

Aber Hoffnung war eine gefährliche Sache. Das hatte sie auf die harte Tour gelernt, wieder und immer wieder. So wie in dem Moment, als Soren sie mit ehrfürchtigen, sehnsüchtigen Augen angeschaut hatte und sie fast die Hand nach seinem Kinn ausgestreckt hätte, um es zu berühren. Um mit den Fingern durch sein sandbraunes Haar zu fahren. Um mit dem Daumen über seine Lippen zu streichen.

Eine Sekunde später war ihre Hoffnung wie das Glas zerbrochen, das er fallengelassen hatte – in tausend winzige Scherben mit messerscharfen Kanten, die im Sonnenlicht glitzerten.

Soren hasste sie. Soren würde nie verstehen, was geschehen war.

Mit der Hand rieb sie über die Wölbung ihres Bauches und kniff die Augenlider noch fester zusammen. Nein, nein, nein! Sie würde dem Baby nicht die Schuld dafür geben, nur sich selbst. Und auch wenn sie ihr eigenes Handeln bedauern mochte – und Gott, wie sehr sie dies tat –, weigerte sie sich doch, das Baby zu bedauern. Kein Kind hatte das verdient. Das Baby verdiente Liebe, Freude und Glück und genau das würde sie ihm geben, koste es, was es wolle.

Aber Gott, sie war nur einen Schritt davon entfernt, auf der Straße zu schlafen. Das Baby kam bald und sie hatte nicht einmal die Mittel, um ihm ein Dach über dem Kopf zu geben.

Sie ertappte sich dabei, wie sie auf dem Stuhl wippte. Himmel, diese Leute würden sie für verrückt halten.

Sie erhob sich schwankend und tat ihr Bestes, um sich daran zu erinnern, was Stolz war.

„Danke, es geht mir wieder besser. Ich werde dann gehen…"

Doch jeder Nerv in ihrem Körper sagte ihr, dass dies der richtige Ort war. Sie war im Morgengrauen in dieser staubigen Grenzstadt aus dem Bus gestiegen und ziellos durch die Straßen geirrt. Die verrückte Vorstellung, dass es sich richtig anfühlte, hatte sie geleitet. Sie war bereits viermal an diesem Gebäude vorbeigegangen und kam immer wieder hierher zurück. So als gäbe es einen Magneten, der sie langsam anzog. Zurück zu Soren.

Zurück zu erneutem Herzschmerz.

Sie hob ihr Kinn und konzentrierte sich auf die Tür. Welches Schicksal auch immer entschieden hatte, ihr ihren sehnlichsten Wunsch zu erfüllen, es war ein grausames.

Ein Paar starke Hände drückte sie sanft zurück auf den Stuhl. „Sie müssen sich ausruhen. Rick, wo ist das Kissen? Janna, hole ihr etwas zu trinken.“

„Es geht mir gut, wirklich. . . “

Es ging ihr alles andere als gut und sie wusste es genau. Gott, wo sollte sie denn hin? Was sollte sie tun?

„Sarah“, sagte jemand.

Sie schaute auf und blinzelte die Brünette an, die vor ihr kniete und sie mit ihren atemberaubenden, graublauen Augen musterte.

„Ich kann dir gar nicht sagen, wie schön es ist, dich wiederzusehen“, sagte die Frau mit einer Stimme, die schwer von Ergriffenheit war. „Es tut so gut, jemanden zu sehen, der es auch geschafft hat. Jemanden von Zuhause.“

Die Art und Weise, wie die Frau sprach, klang so, als würde sie sie verstehen – wirklich und wahrhaftig den Schmerz, die Angst und die schrecklichen Erinnerungen verstehen. So als hätte sie denselben Feuersturm miterlebt und wäre auf der anderen Seite wieder herausgekommen.

Sarah schaute die Frau mit geneigtem Kopf an. Das Gesicht kam ihr vage bekannt vor, aber. . .

„Ich bin Jessica“, sagte die Frau. „Jessica Macks.“

Und ganz plötzlich war alles wieder da. Das große, schlaksige Mädchen, das in der sechsten Klasse gewesen war, als Sarah die achte besuchte. Das Mädchen, das ihr Leichtathletiktrainer immer wieder anwerben wollte, dessen Eltern sie jedoch nie in ein Team oder einen Verein eintreten ließen.

„Jessica?“

Die Augen der Frau waren feucht und sie strich mit einer Hand an Sarahs Arm entlang.

Eine Sekunde später umarmten sie sich so innig wie lang vermisste Freunde. Sie hatten sich nie nahegestanden, aber das spielte jetzt keine Rolle mehr. Jessica war ein Teil ihrer Heimat. Jessica war ein Teil ihrer gestohlenen Vergangenheit.

Sarah hielt sich an ihr fest und die ersten Tränen strömten über ihr Gesicht. „Du hast es auch geschafft?", flüsterte sie.

Jessica nickte an ihrer Schulter, ließ sie aber nicht los. „Ich habe es auch geschafft."

Sarahs Herz wurde ganz warm in ihrer Brust. Seit Monaten war sie verfolgt und allein gewesen. Aber endlich, endlich gab es eine weitere Überlebende dieser schrecklichen Nacht in Montana. Bis jetzt hatte sie immer nur an alle gedacht, die dort getötet worden waren – wie ihre Eltern und all die anderen guten Leute. Die Erinnerungen an die Flammen, die ihr Haus verzehrt hatten, tanzten in ihrem Kopf herum. Auch das Inferno im Hause Voss, das sie bei ihrer rasenden Flucht aus der Stadt gesehen hatte, blitzte darin auf.

Aber hier war plötzlich noch jemand, der es überlebt hatte. Sarah löste sich von ihr und sah Jess durch ihre eigenen Tränen hindurch an. Sie konnte in den Augen der dunkelhaarigen Frau dieselbe Überlebensschuld aufblitzen sehen. Dieselben dunklen Erinnerungen, obwohl sie in den Hintergrund gedrängt worden waren. Sie schaute sich in dem Café um, in das sie gestolpert war. Wie es schien hatte Jessica sich ein neues Leben aufgebaut. Ein Neuanfang.

„Gott, es ist so schön, dich zu sehen." Jessica wischte sich über die Augen und deutete auf die Frau neben ihr. „Erinnerst du dich an meine Schwester Janna?"

Sarahs Erinnerungen an Janna waren vage und doch fühlte es sich an, als wäre sie nach Hause gekommen.

Eine kurze Minute später wurde das warme Gefühl in ihrem Bauch jedoch wieder kühl. Seit Monaten schon wurde sie von denselben Verrückten gejagt, die ihr Haus niedergebrannt hatten – Verrückte, die die unheimliche Fähigkeit besaßen, sie aufzuspüren, egal wie gut sie ihre Spuren zu verwischen versuchte. Sie hatte ihr Haar gefärbt, in Bezug auf ihren Namen gelogen und war ständig weitergezogen – und doch schienen sie ihr immer auf den Fersen zu sein.

Sie wandte den Blick wieder der Straße zu. Würden ihr die Mörder auch hierher folgen? Würden sie ihren Zorn an weiteren unschuldigen Menschen auslassen?

Sie stand schnell auf – ein wenig zu schnell, denn schwarze Flecken tanzten vor ihren Augen und ihr wurde schwindelig.

„Ich muss gehen", murmelte sie und ging zur Tür.

„Was? Warte!", protestierte Jessica.

„Warte!", riefen mehrere andere Stimmen.

Sie stieß die Tür auf, wobei die Glocke fröhlich läutete, und trat in das sengende Sonnenlicht hinaus. Gott, was war nur in sie gefahren, dass sie ausgerechnet in Arizona aus dem Bus gestiegen war? Sie war auf dem Weg nach L.A. gewesen und hatte gedacht, sie könnte sich dort in der Menschenmenge verlieren. In dieser staubigen Stadt standen gerade mal drei Personen auf dem Bürgersteig; die Verrückten würden nicht lange brauchen, um nach einer schwangeren Frau zu fragen und sie aufzuspüren.

„Sarah!", rief Jessica.

Sie ging weiter und tat so, als hätte sie es nicht gehört.

„Warte!", rief jemand anderes.

Sie wünschte, sie könnte bleiben. Sie wünschte, sie würde es wagen. Aber ihre Füße trugen sie unbeirrt die Straße hinunter.

Kapitel 3

Soren stürmte durch die Küche, ignorierte die protestierenden Stimmen, riss die Hintertür auf und eilte durch den hinteren Teil des Saloons.

Lass es mich erklären, hatten Sarahs Augen ihn angefleht.

Aber was gab es da zu erklären? Es war nur allzu klar, wie der Babybauch dorthin gekommen war.

Nicht von ihm, mit anderen Worten. Nicht von ihm.

Er rauschte an der Räucherkammer und dem Bierkühlschrank vorbei und ging auf die Garage zu, die er in eine Holzwerkstatt umgebaut hatte. Am liebsten wäre er weitergelaufen und direkt in die Berge gerannt, aber er war Alpha dieses Clans und Alphas liefen vor nichts davon.

Nicht vor Bedauern. Nicht vor ihrer eigenen Dummheit. Nicht einmal vor ihren eigenen Fehlern.

Und Junge, er hatte eine lange Liste davon.

Er hatte es versäumt, Sarah zu seiner Gefährtin zu machen, als er vor langer Zeit die Gelegenheit dazu gehabt hatte. Er hatte es versäumt, ihr offen zu sagen, wer er war und wie sehr er sie wollte. Das Schlimmste war jedoch, dass er es versäumt hatte, sie in der Nacht des Schurkenangriffs in Montana zu beschützen. Er war kilometerweit entfernt gewesen, als es passierte, anstatt an ihrer Seite zu sein.

Und doch hatte Sarah überlebt – Gott sei Dank dafür –, aber sie war verletzt worden. Verbrannt. Äußerlich vernarbt und wahrscheinlich auch im Inneren, wenn man den gequälten Blick in ihren Augen bedachte. Sie war für immer gezeichnet und er hatte nichts getan, um dies zu verhindern.

Scheiße. Was, wenn das Schicksal Sarah nur verschont hatte, um ihm sein Versagen noch mehr unter die Nase zu reiben?

Irgendein hartnäckiger Teil seines Verstandes verwarf diesen Gedanken. Das Schicksal hatte Sarah verschont, weil sie gütig, freundlich und würdig war. Sie verdiente es mehr als er, soviel war sicher.

Vielleicht ist es keine Bestrafung, warf sein Bär ein. *Vielleicht ist es unsere zweite Chance.*

Zweite verdammte Chance worauf? Sarah war schwanger mit dem Baby eines anderen Mannes. Es würde keine zweite Chance für ihn geben.

Wiedergutmachung, flüsterte sein Bär. *Wir müssen uns noch einmal beweisen.*

Er ließ sich in einer dunklen Ecke des Schuppens nieder, vergrub den Kopf in den Händen und kratzte sich über die Kopfhaut. Sicher, er würde beweisen, welch ein Idiot er gewesen war.

Die rostige Tür öffnete sich quietschend und ein Strahl des heißen Arizona-Sonnenlichts fiel auf seine Knie. Es versengte ihn wie ein Brandmal der Schande.

„Soren." Sein Bruder stand als Silhouette in der Tür.

Er knurrte. Das Letzte, was er jetzt brauchte, waren aufmunternde Worte. Und schon gar nicht von seinem kleinen Bruder.

„Verschwinde", bellte er.

Aber Simon verschwand nicht, verdammt noch mal. Einen vorsichtigen Schritt nach dem anderen kam er herein und ließ sich dann an der gegenüberliegenden Wand auf den Boden sinken. Er saß einfach da, verdammt noch mal, und sagte kein Wort.

Dieser Ort sollte Sorens Zuflucht sein, seine Höhle. Der Ort, an dem er alles hinter sich lassen konnte. Jede freie Stunde, in der er nach getaner Arbeit nicht durch den Wald streifte, verbrachte er hier und hämmerte an den Geistern seiner Vergangenheit herum. Er zerhackte und schleifte sie bis in die Bedeutungslosigkeit. So oft und immer wieder, dass er sich eingeredet hatte, er hätte sie alle besiegt.

Bis jetzt.

„Mach die Tür zu", brummte er. Wenn sein Bruder schon nicht gehen wollte, dann konnte er wenigstens das tun.

Simon trat gegen die Tür und wirbelte eine Wolke aus Sägemehl auf, die im Licht tanzte. Aber selbst dann blieb die Tür einen Spalt breit offen, so dass ein Hauch der unbarmherzigen Sonne immer noch ins Innere drang.

Sein Bruder ließ eine weitere unerträglich stille Minute verstreichen, bevor er es erneut versuchte.

„Soren... Schau mal, Sarah lebt."

Sein innerer Bär nickte eifrig. *Sie lebt! Unsere Gefährtin lebt!*

Soren spürte, wie seine Augen vor Wut und mit ein paar hartnäckigen Tränen brannten. Natürlich war er froh, sie lebendig zu sehen. Das war das Wichtigste. Aber der Schock – der Tritt in die Magengrube, als er erkannte, dass sie schwanger war, und die bittere Wahrheit seines eigenen Versagens – das alles tat weh. Sehr.

„Ich habe sie aufgegeben, Simon. Ich habe mich selbst glauben lassen, dass sie tot ist." Er trat in den Dreck. Vielleicht war es das, was das Schicksal vorhatte: ihm Sarah wegzunehmen, weil er sie nicht verdient hatte.

„Wir haben es mit eigenen Augen gesehen", protestierte Simon. „Ihr abgebranntes Haus und wie die Polizei drei Leichensäcke weggetragen hat. Die einzige Spur, die wir finden konnten, war ihr Geruch, der in das Feuer hineinführte, nicht heraus. Woher hättest du wissen sollen, dass sie überlebt hat?"

Soren schloss die Augen, aber es half nicht, die Erinnerungen zu verdrängen. Sarahs Eltern hatten eine kleine Handelsniederlassung am Rande der Stadt geführt, die dem Wald, den sie ihr Zuhause nannten, am nächsten lag. Die verwitterten Holzbretter waren schwarz verkohlt gewesen und hatten immer noch gequalmt, als er zwei Tage nach dem Massaker dort angekommen war. Es hatte nicht lange gedauert, bis er und Simon herausgefunden hatten, was geschehen war. Zunächst hatten die Schurken den Bärenclan überfallen und alle kaltblütig ermordet. Dann hatten sie das benachbarte Wolfsrudel und schließlich auch den kleinen Laden angegriffen.

„Gib den Blue Bloods die Schuld dafür, nicht dir selbst", fuhr Simon fort.

Soren hätte fast gespuckt, als er den Namen hörte. Diese Bande extremistischer Wolfsschurken war aus dem Nichts aufgetaucht. Sie führten eine hasserfüllte Mission, die Rassenreinheit unter Gestaltwandlern zu bewahren. Weil sie dagegen waren, dass sich der Bärenclan von Black River mit dem örtlichen Wolfsrudel mischte, hatten sie beide in einem Angriff vernichtet, der aus dem Nichts gekommen war. Und irgendwie hatten die Blue Bloods von Sorens nicht ganz so heimlicher Affäre mit einer menschlichen Frau erfahren und beschlossen, auch ihre Familie zu vernichten.

Wäre er doch nur dort gewesen. Hätte er doch nur die Chance gehabt, zu kämpfen.

„Glaubst du, die Blue Bloods wussten von dir und Sarah?", fragte Simon.

Soren stieß einen Atemzug aus. Er hätte vorsichtiger sein müssen. Der Bärenclan hatte gewusst, dass er mit Sarah zusammen war, obwohl sie es immer nur als Herumalbern eines hungrigen, jungen Mannes angesehen hatten. Erst als ihm das G-Wort herausgerutscht war, war die Kacke am Dampfen gewesen.

Gefährtin? hatte sein Großvater gebrüllt, als Soren versucht hatte, seine Beziehung zu Sarah zu erklären. *Diese Menschenfrau wird niemals deine Gefährtin sein.*

Der alte Mann war sogar so weit gegangen, Soren selbst eine Gefährtin zu suchen, ohne ihn zu fragen. Tatsächlich hatte er es ihm bis zu dem Tag, an dem er es dem ganzen Clan verkündet hatte, nicht einmal gesagt. Und als Soren sich weiterhin mit Sarah traf – denn wie könnte er sich denn von der Frau fernhalten, die er für immer lieben sollte? – hatte sein Großvater ihn und Simon weggeschickt. Offiziell hatte es eine Zeit sein sollen, in der sie von ihren Verwandten an der Ostküste lernten, bevor sie wieder nach Hause kamen, um mehr Macht im Clan zu übernehmen. Aber Soren hatte gewusst, dass es ihn Sarah vergessen lassen sollte.

Als ob er sie jemals vergessen könnte. Er würde eher das Gefühl der Sommersonne auf seiner Haut oder die Farbe der Espen im Herbst vergessen. Die Erhabenheit eines Wintermondes über verschneiten Bergen oder das Rauschen und den frischen Geschmack der Bäche im Frühling.

Damals, als er gezwungen wurde, sein Zuhause zu verlassen, war ihm alles so hoffnungslos erschienen. Er hatte dem starken Druck schließlich nachgegeben und Sarah gesagt, es sei vorbei zwischen ihnen.

Sie schien über die Nachricht genauso erschüttert zu sein wie er selbst. Aber offensichtlich war sie sehr schnell über ihn hinweggekommen. All ihre Tränen und ihr Beharren darauf, dass sie auf ihn warten würde, all das Gerede über die Ewigkeit...

Er erinnerte sich an ihren Babybauch und Galle stieg in seiner Kehle auf.

Er kratzte sich wütend über die Jeans. Sein Großvater hatte wohl recht damit gehabt, dass Menschen nicht wussten, wie man treu ist. Nicht so wie Bären.

Nachdem er Montana verlassen hatte, hatte er jeden Tag von Sarah geträumt – und jede Nacht. Er hatte sich tausend verschiedene Möglichkeiten ausgemalt, wie es funktionieren könnte. Er hatte überlegt und geplant, wie er seinem Großvater gegenübertreten würde, wenn er wieder nach Hause kam. Und wie er es Sarah erklären würde. Wie er endlich *alles* aufklären und endlich, endlich seine Gefährtin für sich beanspruchen würde.

Wie naiv er doch gewesen war. Was spielte es für eine Rolle, wie viel Zeit er damit verbracht hatte, von Sarah zu träumen, wenn sie nicht von ihm geträumt hatte? Er trat in den Dreck. So viel zum Thema wahre Liebe. So viel zum Thema Schicksal.

Gefährtin, wimmerte sein Bär, der mehr von Traurigkeit als von Wut erfüllt war. *Alles deine Schuld.*

Er ließ den Kopf hängen. Es stimmte. Ein anderer Kerl hatte Sarah für sich gewonnen und es war seine eigene verdammte Schuld, dass er sie aufgegeben hatte.

„Es ist genauso meine Schuld wie deine", sagte Simon, der seine Gedanken las.

„Sicher doch", knurrte er. „Lass mich dir die Schuld geben. Ich gebe allen die Schuld, nur nicht mir selbst."

Sein Bruder warf ihm ein schiefes Lächeln zu. „Daran bist du gut. Dir selbst die Schuld zu geben."

Er machte sich nicht die Mühe, ihm zu antworten, denn sein Bruder hatte keine Ahnung, wie es war, dem Druck standzuhalten, mit dem er aufgewachsen war. Soren war dazu geboren worden, der nächste Alpha ihres Clans zu werden, was der altehrwürdigen Bärentradition folgte, die Macht von Großvater an Enkel weiterzugeben. Er war dazu erzogen worden, ein Anführer zu sein und sich für das Gemeinwohl zu opfern. Ein Leben im Käfig eines Spinnennetzes aus ungeschriebenen Regeln, Erwartungen und Forderungen. Sich selbst die Schuld an Dingen zu geben, war das Einzige, was ihm an Selbstbestimmung zugestanden wurde.

„Die Blue Bloods, Soren. Es fällt alles auf sie zurück." Simons Stimme wurde hart. Soren fuhr seine Bärenkrallen aus und zog sie über den Boden. Er grub Furchen in das Sägemehl und kratzte über den darunterliegenden Zement. Härter und härter, so wie er das Schicksal am liebsten zerreißen würde.

„Eines Tages werden wir zu Ende bringen, was wir angefangen haben", flüsterte Simon. „Wir werden jeden einzelnen von ihnen ausschalten."

Soren nickte. Das war ihr Fehler gewesen – aufzuhören, nachdem sie jeden der Blue Bloods aufgespürt und getötet hatten, der eine direkte Rolle beim Massaker in Montana gespielt hatte. Es hatte Monate gedauert. Danach waren sie beide zu erschöpft gewesen, um weiterzukämpfen. Aber für jeden Schurken, den sie ausgeschaltet hatten, hatten sich scheinbar zwei weitere dieser sich verbreitenden extremistischen Bewegung angeschlossen.

Natürlich gab es auch gute Wölfe. Die Wölfe der Twin Moon Ranch zum Beispiel, die den Saloon an Soren und seinen Bruder verpachteten. Sie waren dabei, eine eigene Truppe zusammenzustellen, um die Blue Bloods zu jagen. Aber das Warten brachte ihn um.

Töte die Blue Bloods. Sein Bär lenkte seine Wut in diese Richtung. *Töte sie.*

Er überlegte. Vielleicht war das seine beste Option – sich in einen Gegenangriff zu stürzen. Vielleicht könnte er auf diese

Weise Erlösung finden. Er würde als der Bär in die Geschichte eingehen, der die Blue Bloods in die Versenkung gestürzt hatte.

Er richtete sich etwas gerader auf. Vielleicht war es das, was er tun sollte. Es war noch keine ausgereifte Idee und ganz sicher noch kein Plan, aber es war der Anfang eines Planes. Sarah brauchte Hilfe, so viel war klar. Und weil er sie liebte – Gott, er würde nie aufhören, sie zu lieben –, würde er ihr helfen, eine Zukunft mit dem Arschloch aufzubauen, das sie ihm vorgezogen hatte. Seine Ehre verlangte es von ihm, sie hier wohnen zu lassen, bis er sie irgendwo anders unterbringen konnte.

Sie, das Baby und irgendeinen anderen Kerl? Sein Bär protestierte.

Der Gedanke machte ihn krank. Aber welche Wahl hatte er den?

Es gibt keinen anderen Kerl. Sein Bär schüttelte den Kopf. *Hast du den Blick in ihren Augen nicht gesehen?*

Nun, was er gesehen hatte, war ein Babybauch, nicht wahr?

Trotzdem quälte er sich weiter mit Ideen, die er verabscheute, weil seine leere Seele verzweifelt nach etwas strebte, auch wenn er nicht mit ihr zusammen sein konnte.

Zunächst musste er Sarah wieder auf die Beine helfen. Er musste sie vor den Blue Bloods beschützen. Dann wäre er bereit, es mit den Schurken aufzunehmen, die ihm alles genommen hatten – seine Familie, seine Gefährtin, seine Zukunft.

Und danach, schwafelte sein Bär weiter, *kommen wir zu unserer großen Liebe nach Hause.*

Er schüttelte den Kopf. Das dumme Tier verstand es einfach nicht. Es würde niemanden geben, zu dem er nach Hause kommen konnte, denn Sarah hatte sich einen anderen gesucht. Wenn er Glück hatte, würde er ein oder zwei Minuten, nachdem der letzte Schurke seinen letzten Atemzug getan hatte, an seinen Wunden sterben und von seiner Gefährtin träumen.

Er runzelte die Stirn. Wenn er kein Glück hatte, würde er überleben, und das Leben würde weitergehen wie bisher. Leer. Trostlos. Wie ein Rad, das sich immer weiter drehte, so wie sich jetzt auch sein Magen überschlug.

Er tat sein Bestes, um diese Gedanken zu verdrängen. Wenigstens könnte er mit sich selbst leben. Das war das Beste, worauf er hoffen konnte.

Ich will ein Leben mit meiner Gefährtin, schnappte sein Bär. *Ich will sie zurückhaben.*

Er schloss die Augen und schüttelte den Kopf. Sollte der Bär doch weiterträumen. Innerlich würde er an einem Plan arbeiten. Ein Plan, der damit begann, für Sarahs Sicherheit zu sorgen.

Selbst mit geschlossenen Augen konnte er den misstrauischen Blick seines Bruders spüren. „Worüber denkst du nach?"

„Nichts", log er. „Nichts." Er stand auf und war plötzlich fest entschlossen.

„Warum glaube ich dir das nicht?", rief Simon ihm nach, als er den Schuppen verließ.

Kapitel 4

Sarah wollte Jessica nicht stehen lassen, aber sie konnte auch nicht bleiben. Sie eilte den Bürgersteig hinunter und fragte sich, was sie tun sollte. Noch einen Bus nehmen? Sich in eine dunkle Ecke verkriechen und aufgeben? Noch tiefer nach Reserven greifen, die sie nicht hatte?

„Sarah", rief eine Stimme so tief wie die Nacht und so düster wie ein Gebirgsbach.

Soren.

Sie hielt inne. Wohin auch immer er davongestapft war, er war wieder da und kam eilig hinter ihr her. Seine schnellen sicheren Schritte näherten sich ihr und der Schatten seines muskulösen Körpers, schützte sie vor der pulsierenden Kraft der Sonne.

„Sarah", flüsterte er.

Sie ließ den Kopf hängen und wünsche sich so sehr, sich einfach umzudrehen und in seine Arme zu fallen. Große, starke Arme, in denen sie sich immer so beschützt gefühlt hatte, so begehrt.

Gott, wo war die kompetente Frau geblieben, die sie einst gewesen war?

„Ich muss gehen", murmelte sie.

Der Schatten, der sie wie eine beruhigende Bettdecke einhüllte, schüttelte den Kopf. „Du bist doch gerade erst angekommen."

Sie versuchte, sich an ihren vagen Plan zu erinnern. „Ich muss gehen. Ich muss einen Job finden."

„Wir haben hier einen Job." Soren sprach genauso, wie er es immer tat, leise und mit Autorität. Es ließ keinen Raum für ein Nein. Sie würde wetten, dass auch seine blauen Augen wieder diesen Trick anwandten. Sie glühten fast vor Aufrichtigkeit. Intensität. Kraft.

Sie ließ eine Hand über ihren Bauch gleiten und schluckte. Sie brauchte einen Job und sie brauchte ihn dringend.

Ihre Füße weigerten sich, sich weiterzubewegen, aber ihr Kopf schüttelte sich wie von selbst hartnäckig nach links und rechts, um nein zu sagen. „Ich brauche auch einen Schlafplatz.“

„Wir haben Platz.“ Er stellte sich neben sie. „Viel Platz.“

Sie wagte es nicht, ihm in die Augen zu sehen, aber sie folgte der Hand, mit der er zu den Fenstern über dem Café hinaufzeigte. Große Fenster mit Verzierungen, hinter denen sich etwas befand, das wie eine geräumige Wohnung aussah.

Bei dem Gedanken an einen Ort, an dem sie sich, wenn auch nur für kurze Zeit, vom Weglaufen ausruhen konnte, setzte ihr Herz einen Schlag aus. Aber wie sollte dies funktionieren? Wie sollte sie in Sorens Nähe wohnen und arbeiten?

Du liebst ihn. Er liebt dich, sagte eine kleine Stimme.

Sie schüttelte den Kopf und erinnerte sich an seinen harten Gesichtsausdruck, als er aus dem Café gestürmt war.

Du brauchst ihn und er braucht dich, fuhr die Stimme fort.

Was lächerlich war. Was brauchte ein Mann wie Soren von ihr? Seit sie ihn das letzte Mal gesehen hatte, war er wahrscheinlich mit einem Dutzend anderer Frauen zusammen gewesen. Offensichtlich hatte er sich an diesem abgelegenen Ort ein erfolgreiches neues Geschäft aufgebaut. Was auch immer es war, er brauchte sie nicht. Sie tat ihm nur leid.

Er braucht dich genauso, wie du ihn brauchst, sagte die Stimme noch einmal. Es war dieselbe flüchtige Stimme, die sie hierhergeführt hatte.

Sie starrte ins Leere und versuchte, die Gedanken in ihrem Kopf zu beruhigen. Sie hatte sich so verzweifelt nach einer Chance gesehnt – nach irgendeiner Chance! Sie wäre verrückt, wenn sie sie verstreichen ließe.

Für das Baby, sagte die kleine Stimme.

Widerwillig drehte sie sich um und für einen goldenen, sonnendurchfluteten Moment, bei dem ihr Blick Sorens traf, konnte sie spüren, wie die Liebe so wie früher zwischen ihnen pulsierte. Eine brennende, ewige Leidenschaft, die nie und nimmer erlöschen würde. Sie war wie etwas Körperliches, wie ein Lasso, das sie zusammenhielt und fest aneinanderband.

Gerade als es so aussah, als würde Soren sie in eine Umarmung schließen, die sie so dringend brauchte, fiel sein Blick auf ihren Bauch. Eine Wolke zog über sein Gesicht. In diesem Moment wäre sie fast geflohen, als sie sich das ganze durch seine Augen vorstellte. Sie hatte sich von einem anderen Mann schwängern lassen. Und wenn er herausfand, wer es gewesen war...

Es wäre das Beste, ihm alles zu erzählen. Sie beide hatten nie Geheimnisse voreinander gehabt. Aber als sie den Mund öffnete, kam nur ein jämmerlicher, würgender Laut heraus.

Ihre Sicht verschwamm und ein neuer Ansturm von Tränen drohte.

Ein Arm streifte ihren. Sarah schaute auf und entdeckte Jessica, die sie freundlich anlächelte, als sie sich bei ihr einhakte. Ihre Knie hatten wieder geschwankt, aber Jessicas Lächeln machte ihr Mut.

„Lass uns reden, ja?", sagte Jessica. „Ein Gespräch unter Frauen", fügte sie hinzu und warf Soren einen Blick zu, der sagte, *Überlasse das mir.*

Jessica führte sie zurück ins Café und Sarah hatte nicht die Willenskraft, sich zu widersetzen. Ein vertrautes Gesicht zu sehen – eines, das nicht mit emotionalem Ballast behaftet war –, war etwas, das ihr guttat. Es ließ sie fast glauben, dass es vielleicht keine grausame Fügung des Schicksals gewesen war, hierherzukommen. Vielleicht – und nur vielleicht – war es ein Glücksfall gewesen.

Jess schickte alle anderen hinaus, schloss die Tür und reichte ihr ein Glas Wasser. „Hör zu, Sarah... "

Sie fing an, einen Protest zu murmeln, aber Jessica unterbrach sie. Sie zog einen Stuhl heran, der über die erdfarbenen Fliesen des Bodens schrammte.

„Höre dir einfach an, was ich zu sagen habe."

Jessica holte tief Luft und Sarah tat es ihr gleich.

„Du brauchst Hilfe", begann Jess.

Sie hatte recht und Sarah wusste es. Sie brauchte Hilfe. Verzweifelt sogar. Sie brauchte einen Ort, an dem sie bleiben konnte.

„Ich muss für die Sicherheit des Babys sorgen", flüsterte sie. Sie hatte fast aufgehört, sich um sich selbst zu kümmern, aber das Baby... Das Baby konnte sie nicht aufgeben. Sie konnte es einfach nicht.

„Das hier ist ein sicherer Ort", versicherte Jessica ihr.

„Kein Ort ist vor ihnen sicher", krächzte sie, als die Erinnerungen sie wieder übermannten.

Jessica schüttelte den Kopf. „Glaube mir, ich weiß, wer hinter dir her ist. Sie waren auch hinter Janna und mir her. Ich hätte nie gedacht, dass wir jemals einen Ort finden würden, an dem wir aufhören können, zu fliehen. Aber wir haben ihn gefunden, und zwar hier. Das hier ist ein guter Ort, Sarah. Der Blue Moon Saloon hat uns einen Neuanfang ermöglicht."

„Blue Moon Saloon?" Sie schaute auf. Sie hätte schwören können, dass auf dem Schild über der Tür *Quarter Moon Café* stand.

Jessica wies mit dem Daumen auf die Wand zu ihrer Rechten. „Soren und Simon betreiben die Bar nebenan. Wir haben dort angefangen..." Ihre Augen trübten sich, als alle möglichen Emotionen über ihr Gesicht huschten. Von Hoffnungslosigkeit über einen Anflug von Wut bis hin zu einem warmen, glücklichen Strahlen. Sie seufzte ein wenig und schaute sich im Café um. „Und alles hat sich zum Guten gewandt."

Sarah starrte auf den Boden. Wie um alles in der Welt sollten sich die Dinge auch für sie zum Guten wenden?

„Ich wollte auch keine Hilfe annehmen", sagte Jessica. „Aber ich musste es. Und weißt du, was? Meinen Stolz hinunterzuschlucken, war das Beste, was ich je getan habe."

Ihren Stolz hinunterschlucken. Gott, wie oft hatte sie dies in den letzten Monaten getan?

Aber *dies* war etwas anderes, als ihren Stolz zu schlucken. *Dies* würde das Wenige, das von ihrem schmerzenden Herzen noch übrig war, in winzige Stücke zerreißen, ein Stück nach dem anderen.

Jessica ging zum Tresen, schenkte zwei Tassen Tee ein, kam dann zurück und stellte eine vor Sarah hin. Sie holte tief Luft und fing an, zu erzählen. Sie begann in Montana.

„Wir haben den Überfall nicht kommen sehen." Jessica starrte in den Dampf, der aus ihrer Teetasse aufstieg. Ihre Stimme war leise. „Sie kamen aus dem Nichts und plötzlich stand alles in Flammen. Alles. Das Haus, der Wald, das Nachbarhaus..." Sie stieß einen langen, langsamen Atemzug aus. „Und die Stimmen..."

Sarah schloss die Augen. Sie erinnerte sich nur zu gut. *Reinheit! Reinheit!* hatten die verrückten Brandstifter gerufen, während sie ihr Haus niederbrannten.

„Ich schnappte mir Janna und rannte und rannte..."

Sarah fing wieder an, auf dem Stuhl vor und zurück zu wippen. Ja, auch sie war gerannt. Sie hatte den Versuch, ihre Eltern aus dem Haus zu befreien, aufgeben müssen und war um ihr Leben gerannt. Sie hatte versucht, die Verbrennungen an ihrem Arm zu ignorieren.

„Wir sind zu Verwandten im Osten geflohen, weil wir dachten, wir könnten den Angreifern dort entkommen. Aber es dauerte nicht lange, bis wir merkten, dass sie uns wieder im Visier hatten. Irgendwie konnten wir es einfach spüren."

Gott, sie kannte dieses Gefühl nur zu gut. Dieses Kribbeln im Nacken, die Panik, die sich in ihr aufbaute.

„Wir zogen monatelang von einem Ort zum nächsten, bis uns das Schicksal hierher führte..."

Schicksal. Jessica sprach das Wort, als wäre es ein lebendes, atmendes Ding.

„Simon wollte uns zuerst nicht einstellen. Und Junge hatten wir einen schwierigen Start." Jessicas Gesicht strahlte, als sie von Simon, dem Saloon und dem neuen Leben erzählte, das sie sich aufgebaut hatten.

„Du wirst hier sicher sein", schloss Jessica. „Das Baby wird hier sicher sein." Sie ließ ihren Worten eine lange Pause folgen.

Ein Vogel flatterte am Fenster vorbei und der Deckenventilator surrte leise. Draußen ratterte ein alter Lastwagen vorbei. Sarah schloss die Augen und versuchte so sehr, dem Sog zu widerstehen, den sie tief in ihrem Inneren spürte.

Dies ist der richtige Ort, schien der Deckenventilator zu flüstern. *Das hier ist dein Zuhause.*

Zuhause. Würde sie es wagen, dies zu glauben?

Jessica klatschte einmal und lächelte, als ob es eine beschlossene Sache wäre. „Also, Mittagessen. Möchtest du einen Wrap oder ein belegtes Brot?"

Sarah blinzelte sie an. War es wirklich so einfach, das zu tun, was sie tun musste?

Jessica warf ihr noch einen Blick zu und trat dann hinter den Tresen. „Ich mache einfach beides."

Sarah zupfte an ihrer locker sitzenden Bluse und der Jeans. Sah sie wirklich so hungrig aus? Wahrscheinlich. Das Einzige, was ihre Hose noch oben behielt, war der Babybauch, denn bis auf diesen war sie spindeldürr. Sie erschauderte beim Gedanken daran, was der Stress der letzten Monate für das Baby bedeuten könnte.

„Denk nicht nach", befahl Jessica mit einem freundlichen Lächeln. „Lass dich für eine Weile gehen und erlaube, dass sich zur Abwechslung einmal jemand um dich kümmert."

Sarah bemühte sich, zu lächeln. „Ich weiß nicht, ob ich weiß, wie das geht."

„Nun, dann bist du hier genau richtig. Möchtest du Papaya oder Mango in deinem Smoothie?"

Sie konnte förmlich spüren, wie ihr Körper nach Vitaminen schrie. „Ähm…"

„Schon verstanden." Jessica lächelte. „Beides." Sie winkte Sarah zum Tresen hinüber und fing an, Obststücke in einen Mixer zu werfen – farbenprächtige, saftige Papaya-, Orangen- und Erdbeerstücke, die Sarah schon praktisch beim Hinsehen schmecken konnte.

Es dauerte nicht lange, bis sie sich die Finger nach dem besten Hühnchen-Wrap leckte, den sie je gegessen hatte, und ihren ersten Smoothie seit gefühlten Jahren trank. In dem Moment, in dem sie das Glas geleert hatte, griff Jessica bereits danach, füllte es wieder auf und stellte es zusammen mit einem Grillgemüse-Sandwich zurück auf den Tresen.

„Oh mein Gott. Das ist so lecker", murmelte Sarah zwischen zwei Bissen.

Jessica schenkte ihr ein schwaches Lächeln. „Das sollte es auch sein. Wir eröffnen morgen."

Sarah schaute sich im Café um. Die Wände waren strahlend weiß und jeder Stuhl war in einer anderen Farbe gestrichen, so dass ein Regenbogeneffekt entstand. Winzige Wildblumen standen in Vasen auf den Tischen und an der Wand hing ein überdimensionales Foto eines fast vollen Mondes, der über einer herrlichen Wüstenlandschaft aufging. Der Ort wirkte fröhlich. Beschwingt. Voller Hoffnung.

Mit anderen Worten wie alles, was sie aufgegeben hatte.

„Dein Café wird sich gut machen."

„Du wirst dich gut machen", versicherte Jessica ihr und füllte ihr Essen und Trinken immer wieder nach. Gleichzeitig erläuterte sie ihren Masterplan, ohne Sarah zu Wort kommen zu lassen. „Du kannst in einem der Gästezimmer im Obergeschoss wohnen und hier im Café an der Kasse arbeiten. Ich brauche dringend Hilfe und es sollte nicht zu anstrengend für dich sein." Jessicas Blick fiel auf den Babybauch und sie lächelte. „Das wird schon klappen. Vertraue mir."

Sarah hatte das Gefühl, dass sie Jessica mit fast allem vertrauen konnte. Nur nicht damit, die Zukunft vorauszusehen. Was war mit Soren? Wie sollte das jemals klappen?

„Wir kriegen das schon hin", sagte Jess. „Mach dir keine Sorgen."

Sorgen waren so ziemlich das Einzige, was sie – im Überfluss – hatte.

„Aber... Aber..."

„Nichts aber", sagte Jessica.

Das Essen war köstlich und Jessicas Gesellschaft so beruhigend, dass Sarah irgendwann nachgab. Sie aß, bis sie zu satt war, um noch einen weiteren Bissen hineinzuschieben, und folgte Jessica dann durch den Hintereingang durch das Lokal nebenan und eine unebene Treppe hinauf.

Den hohen Decken und luftigen Räumen nach zu urteilen, musste das Gebäude mindestens ein Jahrhundert alt sein. Es war ziemlich renovierungsbedürftig.

„Das hier ist die Wohnung. Ich weiß, es sieht nicht nach viel aus, aber es geht voran. Du kannst dieses Zimmer haben." Jessica zeigte darauf.

„Wirklich, so sehr kann ich mich nicht aufdrängen", protestierte Sarah, obwohl die Worte eher der Gewohnheit als ihrem Herzen entsprangen.

Jessica schüttelte den Kopf. „Ich kann mich nicht bei allen revanchieren, die mir geholfen haben, aber ich kann anderen Gutes tun. Und glaube mir, ich habe eine Menge aufzuholen." Sie lächelte. „Jetzt schlafe ein wenig. Sobald du etwas geschlafen hast, wird alles viel leichter erscheinen."

„Ich bezweifle, dass ich schlafen kann. . . "

„Dann ruh dich einfach ein wenig aus." Jessica zeigte ihr das zweite Zimmer auf der rechten Seite – eines mit großen geschwungenen Fenstern zur Straße hinaus. Das Zimmer, auf das Soren zuvor gedeutet hatte.

Jeder Nerv in ihrem Körper drehte und wendete sich. Wohnte Soren ebenfalls in dieser Wohnung?

„Ruhe dich einfach aus", murmelte Jessica und zog ein frisches Bettlaken auf die Matratze auf dem Boden.

Sarah lehnte sich gegen den Türrahmen. Sie glaubte nicht eine Sekunde lang, dass sie jemals zur Ruhe kommen würde oder dass sie auf wundersame Weise eine Lösung für ihre missliche Lage gefunden hatte. Aber sie hatte zumindest einen Ort gefunden, an dem sie kurzzeitig rasten konnte. Sie ließ die Augen zufallen. Gott, war sie müde.

„Es tut mir leid, dass wir kein richtiges Bett haben."

„Das ist schon in Ordnung." Sie drückte die Schultern durch, bevor Jess sie beim Zusammensacken erwischen würde.

Es war mehr als in Ordnung. Es war perfekt. So perfekt wie sie es sich nur wünschen konnte. Kühle, saubere Bettwäsche. Ein schönes weiches Kissen und noch ein zweites, festeres, das perfekt war, um sich daran anzukuscheln. Ein Glas Wasser neben dem Bett, der beruhigende Duft von Lavendel und ein leiser Deckenventilator.

Zehn Sekunden nachdem sie sich hingelegt hatte, schlief sie bereits ein. Sie fragte sich, wie schnell die Albträume kommen würden.

Kapitel 5

Soren zog sich ins Büro im hinteren Teil des Saloons zurück und beglückwünschte sich selbst, dass er sich lange genug zusammenreißen konnte, um hierher zu entkommen. Er schloss die Tür, ließ sich auf den Stuhl fallen und starrte die Wand an.

Sarah. Sarah Boone, zurück in seinem Leben. Sein Bär vergoss immer noch Freudentränen bei diesem Gedanken. Seine menschliche Seite freute sich auch, aber sie wurde durch traurige Gedanken gedämpft.

Sarah Boone gehörte nicht mehr ihm.

Er starrte auf den Stapel Papierkram auf dem Schreibtisch, atmete tief durch und versprach seinem Bären, dass er später am Abend einen langen Spaziergang im Wald machen würde. Jetzt musste er an die Arbeit gehen, als wäre es ein ganz normaler Tag.

Was lächerlich war, denn wie sollte dies an einem Tag möglich sein, an dem Sarah von den Toten auferstanden war? Der Tag, an dem er vom bloßen *Existieren* zum *Leben* hätte übergehen sollen, hätte ihm das Schicksal nicht gleichzeitig einen Tritt in die Eier verpasst und seinen sehnlichsten Wunsch erfüllt.

Die Tür öffnete sich quietschend und er schaute mit finsterem Blick auf. Innerlich machte er sich bereit, eine weitere Belehrung seines Bruders zu unterbrechen.

Aber es war nicht sein Bruder. Es war Jessicas jüngere Schwester, Janna. Sie verschränkte die Arme vor der Brust und starrte ihn an.

„Du hättest Sarah wirklich nicht so stehenlassen sollen.“

Er seufzte und strich sich mit der Hand durch die Haare. Das war der Haken, wenn man einen Clan voller temperamentvoller Wölfinnen anführte, die gerne ihre Meinung kundtaten. Sie konnten und taten es auch viel öfter, als ihm lieb war. Besonders Janna.

„Janna", warnte er sie.

Sie ignorierte ihn und redete einfach weiter. „Du hättest nett sein können. Ich meine, mal ehrlich. Das arme Ding... "

„Janna", knurrte er.

„Sie konnte sich kaum auf den Beinen halten... "

„Janna!", bellte er nun und sie ging von ihrer Belehrung dazu über, ihm böse Blicke zuzuwerfen.

Soren starrte die jüngste seiner Mitbewohnerinnen an. Das Problem mit Janna war, dass sie wie eine unschuldige kleine Schwester wirkte. Und dass sie recht hatte. Was hatte er sich nur dabei gedacht, Sarah einfach so stehenzulassen?

„Ich diskutiere das nicht mit dir, Janna. Nicht jetzt und niemals. Verstanden?" Janna mochte recht haben, aber er war hier der Alpha, und damit basta.

Sie stieß einen frustrierten Seufzer aus und starrte ihn noch ein wenig länger an, bevor sie – erneut – den Mund öffnete.

„Überlege doch mal, wie sehr Sarah uns helfen könnte. Ihre Eltern haben früher die kleine Handelsniederlassung in Black River betrieben. Hat sie nicht die Buchhaltung für sie gemacht?"

Soren hielt den Mund. Ja, Sarah hatte ihren Eltern geholfen, die Handelsniederlassung zu betreiben. Ein bescheidenes kleines Geschäft in der Mitte des Nirgendwo, das sich damit zufrieden gab, ein wenig von allem Möglichen zu machen. Denn es gab nicht allzu viele Geschäfte in ihrer unbedeutenden Kleinstadt. Ja, Sarah wusste alles darüber, wie man ein Geschäft führte. Und ja, sah Sarah war superklug. Der einzige Grund, warum sie nicht an eine schicke Uni gegangen war, waren die Kosten und ihre Loyalität zu ihren kränkelnden Eltern gewesen.

Also ja. Sarah könnte im Saloon und im Café helfen. Und zwar sehr, denn sie expandierten, bevor sie die benötigten Arbeitskräfte hatten, um dies zu tun. Soren starrte auf den Berg von Papierkram auf seinem Schreibtisch, obwohl seine Gedanken bereits in die Ferne schweiften.

In die Vergangenheit. Nach Montana. Zur Handelsniederlassung. Er und Sarah hatten sich schon als Kinder gekannt. Sie waren auf Bäume geklettert und hatten im Wald Ritter gespielt. Irgendwann im Teenageralter hatten sie angefangen, heimlich im Wald zu knutschen, und er hatte die ganze Zeit über gewusst, dass es sein Schicksal war. Sie war sein Schicksal.

Sein erstes Mal war mit Sarah gewesen. Genau wie sein letztes Mal auch, denn er war nie auch nur im Entferntesten an einer anderen interessiert gewesen. Als sie fünfundzwanzig gewesen waren, hatten sie die verlassene Hütte auf halber Höhe von Cooper's Hill für sich in Anspruch genommen und dort jeden freien Tag und jede Nacht verbracht, wann immer die Arbeit es zuließ. Sie machten ein Feuer im steinernen Kaminofen, liebten sich stundenlang auf einer Matratze, die er dort hinaufgeschleppt hatte, und sprachen darüber, die Hütte eines Tages zu renovieren. Sie schöpften Wasser aus dem Bach, kochten über offenem Feuer und unternahmen lange Wanderungen, die sie ebenso liebte wie er. Sie liebte alles – seine naturverbundene, tüchtige Sarah.

Sie würde einen tollen Bären abgeben, murmelte sein inneres Biest zum wahrscheinlich tausendsten Mal in seinem Leben.

„Erde an Soren, hallo."

Er lenkte seine Aufmerksamkeit zurück in die Gegenwart. Himmel, manchmal könnte er Janna wirklich umbringen.

„Auf Wiedersehen, Janna." Er stieß die Tür mit dem Fuß zu.

„Also gut", rief sie hinter der Tür. „Sei ein mürrischer Bär. Ich gehe nachsehen, ob Sarah in ihrem Zimmer noch etwas braucht."

Fast hätte er laut aufgestöhnt. Sie hatten ein paar freie Zimmer in dem weitläufigen Labyrinth ihrer Wohnung im Obergeschoss, aber nur eines ergab Sinn, um es einem Gast anzubieten. Janna und Cole hatten die Zimmer im hinteren Teil der Wohnung übernommen. Jess und Simon hatten sich in dem Teil der Wohnung, der sich über dem Café erstreckte, ein gemütliches Nest eingerichtet. Gegenüber dem Bad – dem einzigen funktionierenden Bad, ein Problem, das sie unbedingt bald beheben mussten – befand sich ein großes, angenehmes Zimmer, das jedoch völlig unmöbliert war. Keine Vorhänge, kein Bett. Das einzige andere Zimmer, was noch übrig blieb...

Er zuckte zusammen. Es war Simons altes Zimmer, direkt neben seinem. Er würde sterben, wenn er so nah neben Sarah wohnte, ohne sie berühren zu können. Sie wäre so quälend nah und doch so fern. Er wäre in der Lage, ihren himmlischen Duft zu riechen, den Sirenengesang ihrer Stimme zu hören, würde sie jeden Morgen und jeden Abend sehen –, aber er würde nie, nie in der Lage sein, seine große Liebe zu berühren. Seine Schicksalsgefährtin.

Warum nicht? protestierte sein Bär. *Wir lieben sie und sie liebt uns.*

Er starrte auf den Schreibtisch und dachte ernsthaft darüber nach, ein paarmal mit dem Kopf dagegen zu schlagen. Vielleicht würde das die dumme Bestie zur Vernunft bringen.

Sie liebt einen anderen, du Idiot. Sie hat mit einem anderen geschlafen.

Und Herrgott noch mal, er hatte sie ja geradezu dazu ermutigt, nicht wahr? Als er Montana verließ, hatte er ihr gesagt, dass er mit ihr Schluss machte, weil es niemals zwischen ihnen funktionieren würde. Nicht, wenn sein Clan so strikt dagegen war. Also hatte er sich von ihr verabschiedet und sie sogar ermutigt, sich einen anderen Mann zu suchen.

Und dem Babybauch nach zu urteilen, hatte sie genau das getan.

Vielleicht solltest du nicht vorschnell urteilen, warf sein Bär ein. *Vielleicht gibt es einen guten Grund dafür.*

Er presste seinen Kiefer so fest zusammen, dass er knackte, als er darüber nachdachte. Es war seine eigene verdammte Schuld. Sarah war ganz klar über ihn hinweggekommen. Warum konnte er dann nicht über sie hinwegkommen?

Sein Bär schnaubte. *Sie liebt uns. Sie will uns. Hast du nicht den Blick in ihren Augen gesehen?*

Ja, verdammt. Er hatte bemerkt, wie sie gestrahlt hatte, als er sie auf dem Bürgersteig einholte.

Warum lässt du es sie dann nicht erklären?

Er schüttelte den Kopf. Er wollte auf gar keinen Fall hören, wie sie mit einem anderen Kerl gevögelt hatte.

Sie liebt uns. Wir lieben sie, beharrte sein Bär. *Wahre Liebe...*

Er unterbrach das Tier an dieser Stelle. *Was zum Teufel verstehst du denn von wahrer Liebe?*

Sein Bär schnaubte nur. *Mehr als du.*

Musste er es dem Biest buchstabieren? *Sie ist schwanger – von einem anderen Kerl!*

Sein Bär zuckte nur mit den Schultern. *Das macht sie nicht weniger zu der Meinen. Lass es sie einfach erklären...*

Er schlug mit der Faust auf den Schreibtisch, so dass das Telefon klapperte und ein Stift in die Luft sprang. Was zum Teufel gab es denn da zu erklären?

Wut überwältigte ihn für einen Augenblick und seine Bärenkrallen drangen hervor. Er kratzte damit vier parallele Linien über den Eichenschreibtisch. Den Schreibtisch, den er stundenlang restauriert hatte, gleich nachdem er die Arbeit an der geschnitzten Theke beendet hatte, als sie den Saloon übernommen hatten.

Dummer Bär.

Dummer Mann.

Dummer Bär, brüllte er. *Lass mich nachdenken!*

Die Stille in seinem Kopf war wunderbar, obwohl er vermutete, dass der Bär ihn nur nachdenken ließ, um einen Weg zu finden, wieder mit Sarah zusammenzukommen. Etwas, das er nie und nimmer könnte. Sie war ein Mensch und außerdem sollte ein Alpha nicht um eine Frau betteln, damit sie ihn zurücknahm. Ein Alpha musste seinen Stolz bewahren, ganz gleich welches Elend dies mit sich bringen würde.

Er lenkte seinen aufgewühlten Verstand in eine kühlere, berechnendere Richtung. Also gut. Sarah konnte Simons altes Zimmer nehmen. Er würde sich davon nicht stören lassen. Sie könnte den einfachsten Job machen, den sie für sie finden konnten, und ihre müden Füße ausruhen. Wenn er sie im Café anstellte – und Gott wusste, dass Jessica die Hilfe gebrauchen konnte –, könnten sie versetzte Schichten arbeiten, so dass sie morgens beschäftigt war und er spät abends. Er würde jede freie Minute damit verbringen, die Blue Bloods aufzuspüren und einen Ort für Sarah zu finden, an dem sie sicher war.

Sicher, nickte sein Bär feierlich. *Unsere Gefährtin und das Baby beschützen.*

Allein der Gedanke daran, dass jemand das Baby bedrohen könnte, ließ sein Blut in Wallung geraten. Er würde nie aufhören, Sarah als die Seine zu betrachten, egal was passierte. Und das bedeutet im Umkehrschluss auch, dass...

Er hielt kurz inne, denn er wurde sich zum ersten Mal einer Sache bewusst.

Das Baby könnte auch unseres sein, hauchte sein Bär und verdammt, wenn seine heisere Stimme nicht hoffnungsvoll klang.

Für den Bruchteil einer Sekunde galoppierte Sorens Seele mit diesem Gedanken davon. Er liebte Sarah, also konnte er nicht anders, als auch ihr Baby zu lieben. Und zum Teufel, hatte er nicht gehofft, dass sie genau das tun würden, bevor er gezwungen worden war, Montana zu verlassen? Jedes Mal, wenn er und Sarah einem Wanderer mit einem Baby im Rucksack begegnet waren, hatte er sich gefragt, wie das wohl sein würde – ein paar winzige Füße, die an seiner Schulter zappelten... Eine gurrende Stimme, die über all die Wunder der Natur staunte, während sie wanderten.

Natürlich hatten diese Visionen immer ein Baby beinhaltet, das zu erschaffen er mitgeholfen hatte, aber verdammt. Sarah könnte eine Ladung verbrannter Muffins backen und er würde sie trotzdem lieben.

Wenn es Sarahs Baby ist, wie sollten wir es dann nicht lieben? forderte sein Bär.

Und verdammt, er musste schwer schlucken, um diese Gedanken zu verdrängen.

Es wird einfach perfekt, murmelte sein Bär weiter. *Sarah wird hier sicher sein. Das Baby wird hier sicher sein. Wir werden für ihre Sicherheit sorgen.*

Einen Moment lang hätte er fast zustimmend genickt. Aber dann wurde ihm etwas klar. Sarah und ihr Baby wären hier niemals wirklich sicher, selbst wenn er bereit wäre, sie bis zum Tod zu verteidigen. Die Blue Bloods hatten ein Auge auf den

Saloon und Sarah anzubieten, hierzubleiben, könnte den Feind zu einem weiteren Angriff provozieren.

Gott, diese Ironie. Es gab niemanden, der sie besser beschützen konnte als er, aber allein seine Nähe würde Sarah zu einer Zielscheibe machen.

Sein Bär knurrte und die Haare sträubten sich in seinem Nacken. *Also töten wir die Blue Bloods. Wir werden sie alle erledigen.*

Er wollte es – Gott, wie sehr er davon träumte –, aber wie? Wo? Wann? Die Blue Bloods waren nirgendwo, auch wenn sie überall zu sein schienen. Sie auszuschalten war ein Spiel der Geduld – und der Vorsicht, denn die Blue Bloods kämpften dreckig und gemein. Sie könnten jederzeit und an jedem Ort zuschlagen. In einer Woche. In einem Jahr. Das Einzige, dessen er sich sicher sein konnte, war, dass die Feinde zuschlagen würden, sobald sie von Sarahs Anwesenheit hier erfuhren.

Er holte tief Luft und zwang sich, den Tatsachen ins Auge zu sehen. Sarah konnte nur für eine kurze Zeit bei seinem Gestaltwandlerclan bleiben. Aber dann müsste er sie wieder gehen lassen. Sie war ein Mensch; er war es nicht. Es würde niemals funktionieren. Nicht mit ihr und nicht mit dem Baby. Nicht mit Feinden, die ihr dafür wehtun würden, sich mit seiner Art zu mischen.

Um ihrer selbst willen musste er sie gehen lassen.

Kapitel 6

Sarah wachte langsam auf und schaute zweimal auf die Nachttischuhr. Hatte sie wirklich vierzehn Stunden lang geschlafen?

Wahnsinn. Es fühlte sich auf jeden Fall so an. Vierzehn glorreiche Stunden, die zum Glück frei von den üblichen Albträumen gewesen waren. Sie hatte den Rest des vergangenen Tages und die ganze Nacht durchgeschlafen. Als sie aufwachte, fühlte sie sich so gut wie schon seit Monaten nicht mehr. Sie starrte noch eine Weile an die Decke und lauschte auf Geräusche in dem leise erwachenden Haushalt. Irgendwo auf dem Flur klapperte ein Duschhahn. Von unten duftete es nach Kaffee und sie hörte Schritte vor der geschlossenen Tür.

Sie streckte sich unter der Decke. Gott, wann hatte sie das letzte Mal mehr als nur ein kurzes Nickerchen gemacht? Wann war sie das letzte Mal langsam aufgewacht, anstatt erschrocken aufzuspringen, weil sie Angst vor dem hatte, was sie finden würde?

Jemand hatte frische, ordentlich gefaltete Kleidung auf den Stuhl neben dem Bett gelegt. Dort lagen auch ein Handtuch und ein kleiner Klebezettel mit einem Smiley und einem großen J.

Sarah griff mit zitternden Fingern nach dem Zettel und hielt ihn fest. Als Kind hatte sie einen alten Schuhkarton gehabt und ihn mit wertvollen Fundstücken wie weißen Federn, hübschen Steinen und einem Rotkehlchenei gefüllt.

Deine Schatzkiste, was? hatte ihr Vater gesagt.

Sie biss sich auf die Lippe und ließ eine Hand über ihren Bauch gleiten. Die Schatzkiste war verschwunden. Genau wie ihre Eltern, ihr Zuhause und der Rest der Unschuld, die sie sich bis ins Erwachsenenalter hinein bewahrt hatte. Aber verdammt, hätte sie die Kiste noch gehabt, dann hätte dieser Zettel genau hineingepasst.

Sie holte tief Luft und zwang sich, aufzustehen. Sie war jetzt dreißig Jahre alt, kaum mehr ein Kind. Und sie hatte einen Job zu erledigen. Nachdem sie einen Moment lang nervös an der Tür gelauscht hatte, trat sie in den Flur hinaus.

„Guten Morgen!", rief Janna, die jüngere Schwester, so beiläufig, dass man meinen könnte, sie wohnten schon seit Jahren zusammen. Janna hatte ein Handtuch um ihr Haar und ein weiteres um ihren Oberkörper gewickelt, als sie den Flur hinunterhüpfte. „Das Bad gehört dir."

Sarah betrat das immer noch dampfende Badezimmer, als Jessica die Treppe hinaufrief. „Kommst du, Janna? Heute ist der große Tag!"

Sarah brauchte eine Sekunde, um zu begreifen, was das bedeutete. Natürlich – die Eröffnung des Cafés. Ihre Chance, sich für die Güte, die Jess ihr entgegengebracht hatte, ein wenig zu revanchieren. Anstatt sich also in die alte Badewanne zu legen, duschte sie nur schnell, kämmte ihr langes Haar und eilte die Treppe hinunter.

Nun, sie versuchte, sich zu beeilen, aber sie stieß mit etwas Großem und Hartem zusammen, als sie um die Ecke zur Treppe bog. Sie blinzelte eine Sekunde lang überrascht.

„Entschuldigung", brummte Soren. Er war aus der anderen Richtung gekommen und hielt sie nun an beiden Armen fest, während sie ihr Gleichgewicht wiederfand. Ein feuriges Kribbeln strömte ihre Arme hinauf, teilte sich in kleine Blitze und schloss jeden Nerv in ihrem Körper kurz.

Seine Augen funkelten, als sie sich aus Gewohnheit – oder aus Instinkt oder purer Dummheit – nach vorn beugte. Gut, dass sie sich bremsen konnte, bevor sie sich auf die Zehenspitzen streckte, um ihm einen Guten-Morgen-Kuss auf die Lippen zu drücken.

Es sind nicht mehr die guten alten Zeiten, Sarah, erinnerte sie sich und wich zurück.

Sorens Kiefer versteifte sich. Ein Muskel in seiner Wange zuckte und sie hätte schwören können, dass er das Gleiche gedacht hatte.

Sie schloss einen Moment lang die Augen und kämpfte einen aussichtslosen Kampf gegen süße Erinnerungen an Zeiten, die sich nicht zu sehr von diesem Morgen unterschieden. Sommermorgen, an denen sie langsam in seinen Armen aufgewacht war, und sich warm und geborgen gefühlt hatte. Erinnerungen an Soren, der sich an sie schmiegte und sich erst an der einen Seite ihres Halses und Gesichts rieb und dann an der anderen. Daran, wie sie ihre Finger in seine großen schwieligen Hände schob und in den seinen verschränkte. Wie Soren sie mit einer Bewunderung anschaute, mit der man sonst nur die schönsten Sonnenauf- und untergänge betrachtete.

Sie schluckte den Kloß in ihrem Hals hinunter und streckte ihr Kinn nach oben. „Entschuldigung."

Er roch nach Kiefern und frischer Luft, als wäre er die ganze Nacht draußen gewesen. Und während sie sich nach einer erholsamen Nacht erfrischt fühlte, hatte er dunkle Ringe unter den Augen. Sein Gesicht wirkte hager. Ein Ausdruck, der fragte, *Warum habe ich dich jemals gehen lassen?*

Sie starrte ihn an. Auf seinem Gesicht lag auch eine Spur von Wut und Bitterkeit, aber beides war nicht gegen sie gerichtet. Für den Bruchteil einer Sekunde fragte sie sich, ob ihn etwas gezwungen hatte, sich von ihr zu trennen.

Soren nickte langsam und lockerte seinen festen Griff, er strich jedoch mit den Daumen noch einmal über ihre Haut, bevor er sie losließ.

„Kein Problem", sagte er leise und heiser.

Seine Augen waren so traurig wie die eines Dackels. Sie war sich sicher, dass er ihr den ganzen Weg die Treppe hinunter mit dem Blick folgte. Drei Schritte später war sie durch die Hintertür verschwunden und blieb eine Minute lang keuchend stehen. Was verrückt war – es war ja nicht so, als wäre sie fast von einem Lastwagen überfahren worden. Sie hatte Soren lediglich berührt.

Aber in dieser Berührung war er für einen kurzen Augenblick wieder der Ihre gewesen. Und als er sie losließ, war es, als ob sie ihn noch einmal verloren hätte. Genau wie an jenem Tag vor fast einem Jahr, als er ihr kurz vor seiner Abreise aus Montana gesagt hatte, dass es zwischen ihnen vorbei sei. Genau wie am Vortag, als er bei ihrem Anblick so glücklich gestrahlt hatte, nur um in der Sekunde, in der er den Babybauch bemerkte, hinauszustürmen.

Sie rieb sich mit beiden Händen über den Bauch. Ja, es war allerdings vorbei.

Wie gut, dass Jessica die angrenzende Tür des Cafés aufstieß, sie hereinwinkte und sie in die Arbeit einwies.

„Du bist unsere Kassiererin. In Ordnung?" Jessica stürmte schnellen Schrittes durch eine Küche, in der es verführerisch nach Beeren, Sahne und Vanille duftete. Stapelweise Muffins standen dampfend auf der Theke und eine Eieruhr piepte.

„Wow. Wann bist du denn aufgestanden?", fragte Sarah, als Jessica sie in den vorderen Raum führte.

„Um vier", sagte Jessica ohne einen Hauch von Beschwerde in ihrer Stimme. Wenn überhaupt, dann schien sie sich zu freuen. Sie war aufgeregt. Bereit für den großen Tag, wie Janna gesagt hatte. „Du hättest mal hören sollen, wie Simon darüber gemeckert hat."

Sarah entschlüpfte ein Lächeln. Soren war genauso.

„Keine Frühaufsteher, diese Bär–", stotterte Jessica und beeilte sich dann, sich zu korrigieren. „Diese Brüder." Sie tätschelte das Kissen eines hohen Hockers an der Kasse. „Wenn du eine Pause brauchst, sag einfach Bescheid, und einer von uns übernimmt für dich."

Sarah hätte fast gelacht. Auf einem Hocker zu sitzen, war viel besser als ein paar der anderen Jobs, mit denen sie sich in den letzten Monaten über Wasser gehalten hatte, um ein paar Dollar zu verdienen.

„Ich mache die Sandwiches, Janna kümmert sich um die Tische und Emma hilft dir an der Theke."

„Emma?"

„Noch eine Wöl–" Jessica hustete und bellte dann das nächste Wort heraus. „Helferin. Noch eine Frau, die wir kennen."

Die Glocke über der Eingangstür läutete und eine junge Frau mit einem langen dunklen Zopf trat ein. „Ich hoffe, ich komme nicht zu spät."

„Emma, das ist Sarah. Sarah, das ist Emma."

Für mehr Vorstellung hatte sie keine Zeit, denn Jessica drehte das *Geschlossen*-Schild auf *Willkommen* um und schob einen Keil unter die Eingangstür, um sie offenzuhalten. Sie begrüßte die Kunden, die bereits draußen gewartet hatten, mit Namen.

„Mike! Pete! Wie nett von euch, dass ihr zur Eröffnung kommt!"

„Das würde ich um nichts in der Welt verpassen wollen", sagte einer.

„Kyle!" Jessica schüttelte dem Mann, der direkt hinter ihnen stand, die Hand.

„Mike gehört Mikes Eisenwaren drei Türen weiter" flüsterte Janna Sarah ins Ohr. „Pete ist ein Zimmermann, der jeden Tag bei Mike einkauft, und Kyle ist der heiße Polizist mit den strubbligen Haaren."

Mike war nett und freundlich. Pete schnupperte an seinem Kaffee und zeigte ihnen einen Daumen nach oben. Und Kyle... Ja, der Polizist war heiß, konnte Soren jedoch nicht das Wasser reichen. Aber das konnte sowieso nie ein Mann.

Sarahs Gedanken schweiften zum größten Fehler ihres Lebens, aber sie drängte sie wieder weg. Das Baby war kein Fehler und sie hatte Arbeit zu erledigen.

Glücklicherweise gab es genug zu tun, um ihre Gedanken von den Fehlern ihres Lebens abzulenken. Innerhalb von Sekunden kassierte sie Kaffees, Muffins und belegte Brote zum Mitnehmen ab. Es war eine angenehme Betriebsamkeit, bei der sich die Kunden untereinander und mit dem Personal unterhielten. Tatsächlich war es ganz ähnlich wie in dem Laden, den sie zu Hause Stück für Stück von ihren alternden Eltern übernommen hatte. Jeder kannte jeden und alle widmeten sich ihrer täglichen Routine mit einem Lächeln anstelle von Beschwerden.

Es war bereits halb zehn, als der stetige Strom von Anwohnern langsam abebbte. Zu diesem Zeitpunkt strömten bereits Touristen herein, die doppelt so viel Geld ausgaben und auch doppelt so viel Zeit wie die vorherigen Gäste im Lokal verbrachten.

„Im Saloon nebenan gibt es köstliche gegrillte Räucherrippchen", sagte Janna, als sie nach anderen Lokalen in der Stadt fragten. „Die sollten Sie zum Abendessen probieren. Es gibt fünfundzwanzig Biersorten vom Fass und sogar eine Kinderkarte!"

Janna war die geborene Geschäftsfrau, aber sie war mehr als das. Sie strahlte förmlich vor Stolz, wenn sie über den Saloon sprach. Ihre Worte kamen von Herzen. Sie bewarb auch Mikes Eisenwaren und ein paar andere Geschäfte in der Stadt.

„Die Lazy Q Stallungen bieten tolle Ausritte an...", erzählte Janna den Touristen, die etwas suchten, was sie unternehmen konnten.

Wenn Sarah es richtig verstand, befand sich der Stall etwas außerhalb der Stadt und Emma wohnte in einer Wohnung über der Scheune. Sarah ging in Gedanken noch einmal all die Leute durch, die sie kennengelernt hatte, und versuchte sich die Namen einzuprägen. Emma hatte eine Wohnung von Cole übernommen, als dieser mit Janna zusammengezogen war. Janna war Jessicas Schwester und Jessica war Simons Freundin. Sie waren wie eine große glückliche Familie und ein Teil von Sarah wünschte sich, sie würde auch dazu gehören. Sie rieb sich mit der Hand über den Bauch und konnte sich ein wehmütiges Seufzen nicht verkneifen.

„Einen Thunfisch-Wrap und eine Limonade zum Mitnehmen, bitte."

Sie setzte ein Lächeln auf und kassierte den nächsten Kunden ab. Und dann den nächsten und den nächsten, bis es irgendwann an der Tür klingelte und sie aufblickte. Es war kein Kunde, der hereinkam, sondern Jessica, die das Schild wieder auf *Geschlossen* drehte und sich mit einem triumphierenden Jauchzen zu ihnen umdrehte.

„Wir haben es geschafft!"

Sarah lächelte das erste echte Lächeln an diesem Tag und tippte auf die Seite der Kasse. „Ich würde sagen, ein ziemlich erfolgreicher Tag."

Die vier Frauen, die sich den ganzen Vormittag lang abgemüht hatten – Jessica, Sarah, Janna und Emma – schüttelten sich gegenseitig die Hände, stießen mit Smoothies an und lehnten sich zum ersten Mal seit Stunden zurück. Sie genossen das kühle Rauschen des Deckenventilators.

„Wir haben es geschafft", sagte Jessica noch einmal.

„Du hast es geschafft", betonte Sarah.

Jessica schüttelte den Kopf. „Ohne euch drei hätte ich es nicht hinbekommen. Wir haben es zusammen geschafft."

Wir. Das Wort brannte sich in Sarahs Gedächtnis ein, während sie sich im Café umschaute. Es fühlte sich gut an, Teil eines *Wir* zu sein und für einen kurzen Moment stieg Hoffnung in ihr auf. Vielleicht würde wirklich alles gut werden. Vielleicht hatte sie einen Platz gefunden, an dem sie bleiben konnte.

Doch dann wanderte ihr Blick zu der Wand, die das Café vom Saloon abtrennte, wo sich Soren wahrscheinlich gerade darauf vorbereitete, für den Nachmittag zu öffnen. Ihr Herz wurde schwer. Wie sollte sie denn bleiben können?

Kapitel 7

Soren schlüpfte hinter das Lenkrad seines Pick-up Trucks und schlug die Tür so fest zu, dass sie in den Angeln zurücksprang. Die Vögel, die im nächstgelegenen Baum nisteten, flatterten panisch davon. Er schloss die Tür erneut, ließ den Motor an und fuhr die Straße hinunter. Nicht zu schnell, nicht zu langsam. Und er versuchte auch, nicht jedes Arschloch auf vier Rädern anzuhupen, obwohl die Straßen heute Morgen voll davon zu sein schienen. Schließlich waren sie nicht für das beschissene Los verantwortlich, dass er gezogen hatte.

Er fuhr auf den Highway und in Richtung Osten und ließ die Fenster hinunter, damit er die endlose Weite spüren konnte. Sein Bär verlangte, dass er an den lilafarbenen Bergen schnupperte, die sich über den staubigen Hügeln links von ihm erhoben. Zwischen den Kiefern konnte er einen Hauch von Silberölweide und Heckenkirsche wahrnehmen. Diese wichen allmählich den buschigen Pinien, als der Highway in die tiefer gelegenen Ranchlandschaften abfiel. Der Wind peitschte durch das Fahrerhaus und zerzauste sein Haar. Hinter seinem Sitz flatterte ein loser Papierfetzen wild hin und her – ein bisschen so, wie es sein Herz getan hatte, als er mit Sarah auf der Treppe zusammengestoßen war.

Sarah. Sarah Boone.

Gefährtin, seufzte sein Bär. *Meine Schicksalsgefährtin.*

Er schüttelte den Kopf über sich selbst. Wie lange würde er brauchen, um sich seinen Weg aus diesem seltsamen Niemandsland zu bahnen, in dem er sich befand – irgendwo zwischen purer Freude und völliger Niedergeschlagenheit.

Er umklammerte das Lenkrad fester. Mit Sicherheit viel länger als die fünfundvierzigminütige Fahrt zur Twin Moon

Ranch, so viel war klar.

Es war schon verrückt, wie das Schicksal arbeitete. Nicht lange nachdem Sarah seine Seele mit dieser kurzen Berührung auf der Treppe in Brand gesetzt hatte, war er zu einem Treffen mit Tyler Hawthorne gerufen worden. Tyler war der Alpha des örtlichen Wolfsrudels, das einen großen Teil von Zentral Arizona kontrollierte. Und Gott sei Dank, denn hätte er Sarahs Heidelbeerduft noch fünf Minuten länger einatmen müssen, hätte es ihn um den Verstand gebracht. Sein Bär war sich so sicher, dass sie ihm gehörte, wer wusste schon, was die Bestie getan hätte?

Sie gehört uns. Unsere Gefährtin.

Er starrte auf den freien Highway vor sich. Typisch Arizona – lang, leer und einsam, genau wie das Leben ohne eine Gefährtin. Er beugte sich vor, um zum Himmel hinaufzuschauen und wünschte, es wäre Nacht, damit er die Sterne sehen könnte. Die Konstellationen gaben ihm stets das Gefühl, als hätte er immer noch eine Gruppe von Clanältesten, die er um Rat fragen konnte. Nicht, dass sie jemals viel gesagt hätten, aber sie wären da. Der große Bär, der für alle vergangenen Generationen stand. Orion, der Jäger, der ihm Kraft gab. Sirius, der Hund, der den Weg erschnüffelte.

Skorpion, der lauernde Giftträger, der auf seine Chance wartete, zuzubeißen.

Soren hatte jede Nacht, die er an der Ostküste verbracht hatte, den Himmel studiert. Dort, wo die Sterne alle ein wenig anders standen. Und er hatte versucht, einen Weg zu finden, wie es mit Sarah funktionieren könnte. Manchmal hatte er nach oben geschaut und von ihr geträumt. Wahrscheinlich ein wenig zu viel von ihr geträumt, zum Beispiel, als er sich vorstellte, sie zu halten. Sie zu küssen. Sie zu berühren. Es war ihm so unglaublich real vorgekommen, als hätte er sich direkt nach Hause zurückgewünscht.

Er lenkte seine Aufmerksamkeit wieder auf die leere Straße und schüttelte den Kopf. Keine Sterne. Nur die gleißende Sonne Arizonas und ein blassblauer Himmel, der weder einen Anfang noch ein Ende zu haben schien.

Er biss die Zähne zusammen und erinnerte sich an seinen Vorsatz. Vielleicht liebte Sarah ihn, vielleicht aber auch nicht. Er würde nie aufhören, sie zu lieben, also würde er alles tun, was in seiner Macht stand, um sicherzustellen, dass es ihr gut ging. Ihr und ihrem Baby.

Dem Baby eines anderen Mannes. Er fuhr sich mit der Hand durchs Haar und versuchte, sich nicht zu fragen, wer dies sein könnte.

Er bog an der Kreuzung zur Bundesstraße ab, fuhr ein paar Kilometer nach Norden und folgte dann langsam einem unmarkierten Feldweg nach Westen. Sechs holprige Kilometer später überquerte er eine Brücke, die über ein ausgetrocknetes Bachbett führte. Er fuhr unter dem Tor hindurch, an dem das Brandzeichen der Ranch hing – zwei sich überschneidende Kreise, das Symbol der Twin Moon Ranch – und parkte im Schatten einer majestätischen Pappel.

Er stieg aus dem Wagen, legte seinen Kopf in den Nacken und schnupperte tief. Die Twin Moon Ranch hatte etwas unglaublich Beruhigendes an sich. Etwas Friedliches, auch wenn die Probleme der Welt nie wirklich weit weg waren.

Eine Tür öffnete sich und er drehte sich zu dem Geräusch um. Tyler Hawthorne nickte, als er auf die Veranda des Gebäudes mit dem Schrägdach trat, welches sie das Ratsgebäude nannten. Der Alpha der Wölfe ging sogar so weit, die ersten drei Stufen der Veranda hinunterzusteigen, um Sorens Hand zu schütteln.

Nun, das wollte etwas heißen. Der amtierende Alpha begab sich für niemanden außer für die angesehensten Gäste auf Bodenniveau hinunter. Es war eine Frage der Hierarchie und Wölfe, wie alle Gestaltwandler, waren sehr hierarchiebewusst. Als Soren die Ranch das erste Mal besucht hatte, hatte Tyler nur kühl von der Veranda aus zugesehen und gewartet.

„Hallo", grunzte Tyler und griff fest nach seiner Hand.

Soren verkrampfte automatisch die Finger und versuchte, zu verhindern, dass sein innerer Bär ein einfaches Händeschütteln in einen Ringkampf verwandelte.

„Hi." Er schaute Tyler direkt in die Augen. Angesichts des laserscharfen Blickes dieses Mannes keine leichte Aufgabe, aber andererseits war der Wolf auch nicht der einzige mächtige Alpha in der Stadt. Er mochte mehr Besitztümer haben und ein größeres Rudel anführen als Soren – ein wesentlich größeres Rudel –, aber Soren hatte bei Null angefangen, während Tyler den Luxus hatte, auf einem starken Fundament aufzubauen.

Sie schüttelten sich weiter die Hände, immer heftiger, und die sturen Blicke hätten sich vielleicht zu wütendem Funkeln gewandelt, wäre da nicht die Frau gewesen, die in der Tür des Ratsgebäudes erschien.

„Ähm."

Der große, böse Tyler Hawthorne drehte sich so schnell um wie ein Kind, das mit Grasflecken auf seiner Sonntagshose erwischt worden war, und senkte den Blick.

„Hallo Soren", sagte die Frau fröhlich und winkte sie herein.

„Hallo Lana." Er nickte und lächelte. Auf die Gefährtin des Alphawolfes war Verlass, die Dinge im Rahmen zu halten.

Als Lana mit einer Hand über Tylers Arm strich, ließ die Spannung in der Luft etwas nach.

Soren holte tief Luft, anstatt einen traurigen Bärenseufzer auszustoßen. *Unsere Gefährtin hat das auch immer für uns getan.*

Er stieß einen langen Atemzug aus. Ja, so war es früher einmal gewesen. Ein Blick oder eine Berührung von Sarah war alles, was er brauchte, damit sich seine Seele beruhigte. Es hieß, je mächtiger der Alpha, desto schwieriger sei es, eine Gefährtin zu finden, also hatte er sich immer glücklich geschätzt, Sarah schon so früh gefunden zu haben. Er hatte nicht geahnt, dass das Schicksal sie ihm wieder wegnehmen würde.

„Wie ist die Eröffnung des Cafés gelaufen?", fragte Lana, als ein weiterer Wagen vorfuhr. Tylers Schwester Tina und ihr Gefährte Rick stiegen aus.

„Ähm...", begann Soren.

„Interessant", murmelte Tina, als sie die Verandatreppe hinaufkam.

Soren versuchte, keine Grimasse zu ziehen. *Interessant* war ein Wort dafür, nahm er an.

Als alle eingetreten waren, führte Tyler sie zu einem Tisch mit ausgebreiteten Landkarten und kam zu Sorens Erleichterung sofort zur Sache. Dies war etwas, was er und Tyler gemeinsam hatten – Geplauder stand bei ihm nicht hoch im Kurs.

„Wir haben von einem weiteren Blue Bloods-Angriff erfahren. Er ist letzte Nacht passiert", sagte Tyler.

Der Raum wurde totenstill und Sorens Nackenhaare stellten sich auf. Blue Bloods. Er würde jeden Einzelnen von ihnen töten.

„Dieses Mal haben sie ein Puma-Wolf-Pärchen angegriffen", sagte Lana traurig.

Sorens Zähne schmerzten und wollten unbedingt durch sein Zahnfleisch dringen. Die Blue Bloods predigten nicht nur Rassenreinheit für Gestaltwandler – sie verstärkten ihre Botschaft durch Akte der Selbstjustiz gegen jeden Wandler, der es wagte, sich mit einer anderen Spezies zu mischen.

„Nicht weit außerhalb von Yuma." Tyler zeigte auf die südwestliche Ecke der Karte von Arizona.

„Das könnte bedeuten, dass sie nach Westen ziehen", sagte Lana.

„Sie werden nie weit genug weg sein", knurrte Soren.

„So oder so ist das auch keine Lösung", sagte Tina. „Sie werden einfach weitermachen und jemand anderen terrorisieren."

Soren begegnete Tylers Blick erneut und dieses Mal nickten sie beide.

Wir töten die Scheißkerle, sagten Tylers aufblitzende Augen.

Wir töten jeden Einzelnen, stimmte Soren zu.

Die Blue Bloods hatten Sorens Clan in den letzten Monaten zweimal angegriffen – und da sich der Saloon auf dem Gelände von Twin Moon befand, betrafen diese Angriffe auch das Wolfsrudel. Tyler Hawthorne war ein reinrassiger Wolf, wie auch seine Gefährtin, aber Tinas Gefährte war ein Mensch, der zum Wolf geworden war, genau wie ein paar andere Mitglieder des Rudels. Unter den Wölfen der Twin Moon Ranch lebte sogar ein Wildschweingestaltwandler, so dass ein Angriff auf gemischte Paare ein indirekter Angriff auf ihre Lebensweise war.

„Sie zu töten, ist keine Lösung", betonte Tina.

„Nein", stimmte Rick zu. „Aber es ist ja nicht so, dass sie darauf reagieren, wenn man sie höflich bittet, es zu unterlassen."

„Das eigentliche Problem liegt in den Rudelstrukturen", sagte Lana. „Oder im Mangel an Struktur nehme ich an. Je mehr altmodische Rudel es dort draußen gibt, die alle jungen Männchen verjagen, die die Herrschaft des Alphas bedrohen könnten, desto mehr frische Rekruten finden die Blue Bloods, die bereit sind, für ihre Sache zu kämpfen. Egal für welche Sache."

Sosehr Soren die Methode, alle zu töten, bevorzugen würde, hatte Lana doch recht. Zu viele Wolfsrudel – und sogar einige Bärenclans – wurden von Alphas mit eiserner Faust regiert. Das Twin Moon Rudel lehrte seine nächste Generation, den Alpha zu respektieren, anstatt zu verachten, und die Anführer bemühten sich nach Kräften, dafür zu sorgen, dass die jungen Männchen in erfüllende Rollen hineinwuchsen, die der Gruppe zugutekamen. Aber das war nicht in jedem Rudel der Fall. Oftmals wurden vielversprechende junge Männchen weggejagt und gezwungen, auf eigene Faust loszuziehen.

Tina nickte. „Dieselbe Art von jungen Wölfen, die wir für ehrliche Arbeit gefunden haben... "

Soren starrte auf den Boden. Als er und Simon nach Arizona gekommen waren, hatten sie sich von Abtrünnigen nicht sehr unterschieden. Aber Tina hatte sie im Blue Moon Saloon angestellt und ihnen wieder auf die Beine geholfen. Er verdankte ihr alles.

„... aber abtrünnige Schurkenbanden wie die Blue Bloods scheinen sie schneller zu rekrutieren", seufzte Tina.

Er kratzte mit dem Fuß über die abgenutzten Dielen. Wenigstens bestand nicht die Gefahr, dass er und Simon diesen Weg einschlagen würden.

„Genau darum geht es – wir müssen diese Jungs erwischen, bevor sie zu sehr anderweitig beeinflusst werden", fügte Rick hinzu.

Soren schaute Rick an, den Besitzer der Ranch, die an das Grundstück von Twin Moon angrenzte. Er und Rick teilten dasselbe chronische Problem – genügend Gestaltwandler zu finden, um ihr Geschäft ordnungsgemäß führen zu können. Menschen einzustellen, brachte zu viele Probleme mit sich.

Und scheiße, Soren hatte gerade an diesem Morgen eine Menschenfrau eingestellt. Sarah.

Sarah ist anders, sagte sein Bär. *Sarah ist etwas Besonderes.*

Natürlich war Sarah etwas Besonderes. Für ihn hatte sie sich schon immer wie eine halbe Gestaltwandlerin angefühlt. Es lag an ihrer Liebe zur Natur. Und sie hatte auch schon immer eine Vorliebe für Bären gehabt, die über die Liebe eines kleinen Mädchens zu ihrem Teddybären hinausging. Bei ihren gemeinsamen Wanderungen waren sie oft auf Bären gestoßen und Sarah hatte nicht ein einziges Mal ängstlich ausgesehen. Im Gegenteil, der Anblick von Bären schien sie jedes Mal mit Staunen zu erfüllen.

Warum hatte er ihr also nie gesagt, wer er wirklich war? Warum hatte er sich nicht schon vor Jahren mit ihr verpaart?

„Wir verdoppeln die Anzahl der Leute, die wir schicken, um die Dinge in der Stadt im Auge zu behalten", unterbrach Tyler seine Gedanken.

Rick nickte zustimmend; auch die Seymour Ranch stellte Verstärkung zur Verfügung.

Soren wünschte, der Saloon und das Café bräuchten ihren Schutz nicht. Aber es schadete sicher nicht, ein paar Twin Moon-Wölfe in der Nähe zu haben, nur für alle Fälle. Janna und Jess waren zäh, aber ein weiterer Hinterhalt konnte jederzeit folgen. Und Sarah – Himmel, mit Sarah bei ihnen stand sogar noch viel mehr auf dem Spiel.

„Wir müssen die Denkweise einiger Rudel ändern", sagte Lana.

Tyler schnaubte. „Das ist so, als ob ich meinen Vater bitten würde, sich zu ändern."

„Er hat sich verändert", beharrte Tina. „Nun, ein kleinwenig."

Tyler hielt seine Finger nur millimeterweit voneinander entfernt. „Ungefähr so viel, und das hat Jahre gedauert. Manche alten Knacker werden sich nie ändern."

„Victor Whyte wird sich nie ändern", sagte Soren und der Raum wurde still.

„Der verfluchte Victor Whyte", murmelte Tyler und brach schließlich die Stille.

„Den kannst du töten", sagte Lana.

Sogar Tina presste die Lippen zusammen und protestierte nicht.

Sorens Bär knurrte. Victor Whyte hatte das Massaker an seinem gesamten Bärenclan durch einen feigen Hinterhalt angeordnet. Victor Whyte hatte das gesamte Black River-Wolfsrudel in Montana ausrotten lassen. Victor Whyte hatte seinen Männern befohlen, Sarah und ihren Eltern in ihrem Haus eine Falle zu stellen und sie bei lebendigem Leib zu verbrennen.

Victor Whyte wollte Sarah und das Baby töten, brummte sein Bär.

Victor Whyte würde er auf jeden Fall töten.

Er und Simon hatten schon hundertmal darüber gesprochen – Whyte zu verfolgen, bevor der Extremist andere unschuldige Opfer finden konnte. Aber da der Saloon gerade erst Fuß gefasst hatte und Jess und Janna zu ihnen gestoßen waren, hatten sie immer wieder beschlossen, auf den richtigen Zeitpunkt zu warten. Wenn sie Hals über Kopf wütend losstürmten, könnte ihr junger Clan in einen Hinterhalt geraten, also mussten sie sorgfältig planen.

„Du hast gesagt, du würdest Informationen sammeln", sagte Soren zu Tyler und gab sich Mühe, die Worte nicht zu bellen. Tyler war hier der Alpha und er hatte schon eine Menge für Sorens wachsenden Clan getan.

Tyler funkelte ihn an und lenkte den Zorn in seinen Augen dann auf die Karte. „Das haben wir. Wir haben die Blue Bloods bis zu einem Stützpunkt in der Nähe von Hope in Utah verfolgt."

„Hope?" Tina schüttelte den Kopf. „Die haben die Frechheit, sich in der Nähe eines Ortes namens Hope niederzulassen?"

Soren dachte an tausend Möglichkeiten, wie er diese Art von Hoffnung zerschlagen, zerreißen und zerstören konnte.

„Aber wenn wir dort hineinspazieren, um die Blue Bloods zu töten, sind wir nicht besser als sie", fügte Tina hinzu.

Soren kämpfte gegen den Drang an, sich freiwillig als Bösewicht zu melden. Nur dieses eine Mal.

Tyler kratzte mit den Fingernägeln über die Karte und zeigte damit die gleiche Frustration, die auch Soren empfand. Wie konnte man das Richtige tun, ohne sich dabei auf das Niveau seines Gegners zu begeben?

„Deshalb warten wir auch", brummte Tyler. „Wir haben unsere eigenen Kontakte, das könnt ihr mir glauben. Sobald Whyte und sein Führungsteam sich zu erkennen geben, sind wir an ihnen dran."

„Und bis dahin?", forderte Soren.

Tyler schaute ihm in die Augen. „Bis dahin beschützen wir, was uns gehört. Und wir warten."

Was uns gehört, knurrte sein Bär und hatte keine Probleme, sich vorzustellen, wer genau das sein könnte.

Kapitel 8

Anders als Sarah befürchtet hatte, vergingen die nächsten paar Tage wie im Flug. Tatsächlich war alles einfach, abgesehen vielleicht von den wenigen Malen, die sie auf dem Weg zur Toilette oder auf der Treppe mit Soren zusammenstieß.

Aber Junge, stand die Welt in diesen Momenten still.

Ihr Herz pochte in ihrer Brust. Das Blut rauschte durch ihre Adern und es verschlug ihr den Atem. Sie und Soren erstarrten jedes Mal beide für eine Minute und schauten tief in die Augen des anderen. Es war, als würden sie direkt in die Vergangenheit springen, in der alles so vielversprechend, golden und gut gewesen war. Ihr ganzer Körper erwärmte sich mit Hoffnung, Liebe und der Energie, die wie ein elektrisches Feld zwischen ihnen zu pulsieren schien. Wie Magie. Wie wahre Liebe. Wie... Wie Schicksal.

Dann würde Soren blinzeln – es war immer Soren, der als Erstes wieder zu sich kam – und sich zurücklehnen. Seine Augen wären distanziert und kalt und dann war es wieder vorbei.

Bis es das nächste Mal passierte und wieder und wieder. Kleine kurze Momente, für die sie zu leben begann, zwischen dem Rest der Stunden, die sich in die Länge zu ziehen schienen.

Es war nicht so, dass sie ihre Aufgabe als Kassiererin im Café oder die Frauen, mit denen sie dort zusammenarbeitete, nicht mochte. Es war nur so, dass alles im Vergleich zu diesen flüchtigen Momenten der Liebe, des Lichts und der Hoffnung verblasste.

„Wow", sagte Jessica eines Morgens. „Kannst du glauben, dass das Café schon eine ganze Woche geöffnet ist?"

Sarah grübelte darüber nach, denn es bedeutete, dass sie auch schon eine Woche dort war. Dann vergingen ein paar weitere Tage, bis es zwei Wochen wurden, und sie schließlich merkte, wie sehr sie in eine Routine verfallen war. Morgens Arbeit, nachmittags Mittagsschlaf, dann ein oder zwei Stunden am Schreibtisch im hinteren Teil des Cafés, um die Bücher zu führen, und schließlich ging sie früh ins Bett. Und am nächsten Tag fing alles wieder von vorne an.

Die Routine wurde ihr auf beruhigende Weise vertraut, genau wie ihr gemütliches Schlafzimmer und das Kommen und Gehen ihrer Mitbewohner. Es war ein witziges kleines Arrangement, das sie hatten, und eine lustige kleine Bande. Zwei Pärchen teilten sich die Wohnung über dem Saloon mit Soren – Jessica und Simon und Janna und Cole. Sie alle wohnten in ihrem eigenen Teil des Apartments. Bis auf Cole arbeiteten alle im Café oder im Saloon, aber die räumliche Nähe schien harmonisch. Natürlich waren die beiden Pärchen bis über beide Ohren ineinander verliebt. Soren war der einzige Single in der Runde.

Soren und sie. Und er ging ihr aus dem Weg, so gut er konnte.

Sie versuchte, nicht an all das zu denken, wenn sie arbeitete, aber ihre Erfolgsquote war... nun ja, sie war relativ gering.

Die Kunden im Quarter Moon Café waren fröhlich und freundlich genug, nicht zu sehr auf die Brandnarben an ihren Händen zu starren. Einige wurden zu Stammgästen und es fing an, sich wie zu Hause anzufühlen.

„Danke, Sarah", sagte Mike von Mikes Eisenwaren jeden Morgen auf seinem Weg. Sie brauchte nicht einmal nachzusehen, was er bestellte, um ihn jeden Tag abzukassieren. Es war immer das Gleiche – ein Kaffee mit einem Schuss Milch und ein Blaubeer-Muffin.

„Hab einen schönen Tag, Sarah." Pete, der Zimmermann, lächelte mit seinen angeschlagenen Zähnen und steckte einen Dollar, den er sich wahrscheinlich nicht leisten konnte, in die Trinkgelddose. Dann ging er mit seinem Schokoladen-Himbeer-Muffin und ein paar belegten Broten zum Mitnehmen hinaus.

Die Trinkgelddose war Jannas Idee gewesen und sie füllte sich jeden Tag. Vor allem, nachdem sie einen kleinen Storch mit einem Baby auf die Vorderseite gemalt hatte.

„Du siehst gut aus, Sarah", sagte Jessicas Freundin Tina eines Tages und nickte ihr zufrieden zu.

Sarah wusste nicht, ob sie gut aussah, aber sie fühlte sich auf jeden Fall besser als bei ihrer Ankunft. Stärker. Sicherer. Und auch runder, denn dem Baby schien ihr neuer Lebensstil sehr zu gefallen.

„Das liegt an den ganzen Smoothies, Wraps und gegrillten Rippchen, die ich wie ein Wolf verschlungen habe", sagte sie.

Tina hielt kurz inne und für einen Moment schien es, als wäre die Hälfte der Leute im Café wie erstarrt. Jessica blieb wie angewurzelt stehen, als sie ein weiteres Tablett mit Muffins aus dem hinteren Teil des Cafés trug. Janna drehte den Kopf, anstatt die Bestellung eines Kunden aufzunehmen. Die Zange, mit der Emma nach einem Muffin gegriffen hatte, klapperte auf den Tresen. Sarah schaute sich um.

Was? Was hatte sie gesagt?

Eine Sekunde später war alles wieder normal und sie verbrachte den Rest des Morgens damit, sich zu fragen, ob sie sich das Ganze nur eingebildet hatte.

Ab und zu holten sie ihre alten Ängste wieder ein und sie schaute nervös auf die Straße. Sie hatte die letzten Monate auf der Flucht vor einer bösen Bande verbracht, die es auf sie abgesehen zu haben schien. Würden sie sie hier auch finden?

Aber die Angst wurde zu einer vorübergehenden Erscheinung und war nicht länger ihr ständiger, nagender Begleiter, so wie sie es einst gewesen war. Jessica hatte recht. Dieser Ort vermittelte ihr ein sicheres, geborgenes Gefühl. Jessica, Janna und Emma waren allesamt zähe Mädchen vom Lande, die sich behaupten konnten. Und es schadete Sarahs Seelenfrieden sicher auch nicht, die stämmigen Voss-Brüder in der Nähe zu haben. Außerdem hielten sich auch stets ein paar stramme, junge Burschen von der örtlichen Ranch im Café oder im Saloon auf. Sie ließen sich an einem Ecktisch am Fenster nieder, aßen so viel, dass ein ganzer Trupp Marinesoldaten davon satt werden könnte und plauderten so ziemlich von der Öffnung bis zur Schließung des Cafés.

In dem Moment, in dem ein Fremder das Lokal betrat, ließen sie ihre fröhliche Fassade jedoch verschwinden und versteifen sich wie Leibwächter in höchster Alarmbereitschaft. Sarah hätte schwören können, dass sie auch in der Luft herum schnupperten, als ob ihre Nasen scharf genug wären, um nur aus dem Geruch einer Person irgendwelche Schlüsse zu ziehen. Aber eine Sekunde später verfielen sie wieder in ihren faulen Cowboymodus und sie fragte sich erneut, ob sie sich das Ganze nur eingebildet hatte.

Andererseits könnte an ihrer Leibwächter-Theorie etwas Wahres dran sein, denn „die Jungs" – wie Jessica die Bande hochgewachsener Cowboys nannte, die regelmäßig an ihren freien Tagen von der Ranch hier vorbeikamen – waren immer da. Und Jessica hatte Sarah angewiesen, nur die Hälfte des üblichen Preises zu verlangen und ihnen doppelt so viel zu servieren wie normal. Man hatte wirklich das Gefühl, dass sie anwesend waren, um die Dinge im Auge zu behalten.

„Seid ihr sicher, dass es euch Jungs gut geht?" Jessica schaute von Zeit zu Zeit nach den Männern. „Langweilt ihr euch nicht schon?"

„Wenn Sie meinen, dass es uns hier schlecht geht, Ma'am, dann probieren Sie doch mal das Essen auf der Ranch. Das hier ist wie Urlaub für uns", betonten sie mit ihrem speziellen Cowboycharme.

Die Jungs lasen Zeitung. Sie spielten Karten – bis Jessica sie bat, das lieber im Saloon zu tun. Sie erzählten lustige Witze, in denen Tiere die Hauptrolle spielten, und die Bären schienen immer den Kürzeren zu ziehen.

„Wie viele Bären braucht man, um eine Glühbirne zu wechseln", fing ein Cowboy namens Jack an.

„Was sagt der Bär zum Feuerwehrmann?"

„Ein Bär und ein Igel gehen im Wald spazieren und einer von ihnen sagt… "

„Hey!", protestierte Sarah schließlich und rief quer durch das Café. „Ich mag Bären. Wie wäre es, wenn ihr einmal Cowboywitze macht?"

Alle lachten und verstummten plötzlich. Sarah drehte sich um und sah Soren, der in der Küchentür stand und einen Muffin halb an den Mund gehoben hatte.

Zeitungen flatterten hoch, als die Cowboys plötzlich etwas sehr, sehr Interessantes zum Lesen fanden – oder um sich dahinter zu verstecken.

In der darauffolgenden Stille tickte die Uhr laut und als Soren sie ansah und den Kopf neigte, hätte sie schwören können, dass sie seine Gedanken lesen konnte.

Bären, was?

Sein linker Mundwinkel zog sich ein winzig kleines Stückchen nach oben und ihr wurde ganz warm ums Herz, als sie für einen kurzen Moment den alten Soren in ihm sah. Nach außen hin ernst, aber innerlich lachend. Glücklich. Lächelnd. Ihrer. Es war wieder einer dieser goldenen Momente, in denen sie fast glauben konnte, dass irgendwie alles gut werden würde.

Ja. Bären, wollte sie sagen. *Du weißt doch, dass ich eine Schwäche für Bären habe.*

Seine Augen funkelten und sie lächelte, während sie in Erinnerungen schwelgte. Sie waren jedes Jahr zusammen zum Jahrmarkt gegangen und jedes Jahr hatte Soren zugeschaut, wie sie sich am Schießstand einen Preis erschoss. Nur so zahlte sich das ganze Schießtraining aus, auf das ihr Vater bestanden hatte.

Welchen soll ich nehmen? hatte sie Soren gefragt, als sie das erste Mal gewonnen hatte und sich die ganzen Preise anschaute. *Den Panda, die Ente oder den Bären?*

Soren hatte sofort geantwortet. *Den Bären. Auf jeden Fall den Bären.*

Im zweiten und dritten Jahr war es genauso gelaufen und am Ende hatte sie eine Sammlung von Bären gehabt, die den unteren Teil des Etagenbettes füllten, das ihr Vater ihr als Kind gebaut hatte.

Soren stand in der Tür zur Küche des Cafés und beobachtete sie mit scheinbar angehaltenem Atem. Seine Augen schienen zu leuchten – wahrscheinlich eine Halluzination, was entweder bedeutete, dass sie immer noch wahnsinnig verliebt in ihn war oder kurz davor stand, vor Erschöpfung in Ohnmacht zu fallen.

Immer noch wahnsinnig verliebt, entschied sie.

Seine Mundwinkel zogen sich ein wenig weiter nach oben und sie hätte fast geseufzt.

Dann tönte die Glocke über der Tür, als ein neuer Kunde eintrat. Als sie sich wieder zu Soren umdrehte, war er verschwunden.

Sarah schüttelte den Kopf, um all die verrückten Gedanken zu vertreiben. Vielleicht machte die Schwangerschaft nicht nur ihrem Körper zu schaffen. Vielleicht brachte sie auch ihren Verstand durcheinander.

Kapitel 9

Ein paar weitere Tage vergingen und gerade als der verrückte Ansturm eines Sonntagmorgens im Café nachließ, begann das Geschäft im anliegenden Saloon zu brummen.

„Die NFL muss man einfach lieben", seufzte Janna und machte sich auf den Weg zu ihrer Schicht im Saloon.

„Es war deine Idee, diese Breitbildfernseher in der Bar zu montieren", betonte Jessica.

„Breitbildfernseher, Football und Sorens Spezialrezept für die Rippchen. Eine tödliche Kombination für die wenige Freizeit, die wir haben. Wir brauchen wirklich dringend mehr Hilfe."

„Die braucht ihr allerdings", sagte Sarah. Beinahe hätte sie *die brauchen wir* gesagt, aber sie konnte sich gerade noch rechtzeitig fangen. Sie war nur auf der Durchreise. Früher oder später würde sie sich wieder auf den Weg machen müssen.

Aber Gott, die Vorstellung, diesen sicheren Ort irgendwann verlassen zu müssen. Irgendwann in ferner Zukunft. Das Leben hier war schön. Sie hatte sich an eine einfache, ehrliche Routine gewöhnt, die sie so sehr an zu Hause erinnerte.

„Ihr beide arbeitet zu viel", fügte sie hinzu. Die Macks-Schwestern hatten fast jeden Tag Doppelschichten im Café und Saloon geschoben.

„Nun, bis wir mehr Hilfe finden... " Jessica verstummte.

„Und wenn wir jemals ein zweites Badezimmer und das Obergeschoss renovieren wollen... ", fügte Janna hinzu.

„Jess! Janna!", dröhnte Simons Stimme von nebenan herüber und die beiden verschwanden.

Sarah und Emma waren noch dabei, das Café zu schließen, als Jess ihren Kopf hereinstreckte. „Ähm, Emma? Kannst du im Saloon aushelfen? Es sieht so aus, als hätte die Sportbar am anderen Ende der Stadt ein technisches Problem und alle ihre Kunden strömen hier herein."

Sarah nickte ihr zu. „Ich mache das hier fertig", bot sie an.

„Bist du dir sicher?", fragten Emma und Jessica gleichzeitig.

„Es ist das Mindeste, was ich tun kann."

Sie musste ihnen schwören, nicht die Böden zu wischen, sondern nur die Kasse zu schließen und die Bücher zu führen. Als sie fertig war, schien der Saloon belebter zu sein als je zuvor, also ging sie hinüber, um nachzusehen.

„Wow", murmelte sie, als sie knapp hinter der Schwingtür des Saloon neben dem verblassten alten Schild, auf dem stand: *Waffen an der Tür abgeben*, stehen blieb.

Der Laden war voll und das Football-Spiel gerade einmal im ersten Viertel. Um die Pokertische in der Mitte des Saloons standen zusätzliche Stühle und auch die Sitzecken an den Seiten waren gerammelt voll. Vom Tresen auf der gegenüberliegenden Seite des Raumes konnte sie nur den oberen Teil sehen – den Teil, der ihr am besten gefiel –, wo eine Szene eingeschnitzt war, die direkt aus ihrer Heimat stammen könnte. Ein Bär watete durch einen Bach, ein Wolf heulte den Mond an und ein Adler flog über ihre Köpfe hinweg. Der gesamte Tresen war ein Meisterwerk, das vor Jahrzehnten von einem Experten geschnitzt worden war – vielleicht genauso alt wie das antike Winchester Gewehr, das über den kunstvoll geschnitzten Regalen hing, in denen die Schnapsflaschen glitzerten. Der Lack schimmerte im Licht des Spiegels in der Mitte der Bar und sie vermutete, dass Soren, der Holzarbeiten liebte, dafür verantwortlich war.

„Kannst du das glauben?" Jessica eilte mit einem Tablett voller Getränke vorbei.

Sarah konnte auch Janna und Emma sehen, die durch die Menge rauschten und Bestellungen auslieferten. Simon und Soren waren beide hinter dem Tresen beschäftigt, was Simon normalerweise allein übernahm. Sogar Cole stand in der Küche des Saloons und war damit beschäftigt, Burger zu braten. Sie entdeckte ihn, als Jess durch die Tür stürmte. Alle halfen mit.

Alle außer ihr.

Sarah bahnte sich ihren Weg von der Tür zum Tresen, wo Soren stand. Er jonglierte mit einem überquellenden Bierglas, einer Rechnung und der Kreditkarte eines Kunden herum und hatte die Stirn in Falten gezogen.

Sie ging hinter die Theke und griff nach der Kreditkarte in seiner Hand. „Ich mach das schon. Konzentriere du dich auf die Bar."

„Aber..."

„Ich übernehme es." Sie tippte auf der Kasse herum.

Simon schob einen freien Barhocker zu ihr hinüber und sie nahm Platz, um die Zahlungseingänge einzugeben. Es war genau wie im Café, nur mit größeren Bestellungen und höheren Rechnungen.

Und als die Kassenschublade aufglitt, rutschte auch noch etwas anderes darin herum. Ein paar kleine Zylinder klimperten und klapperten in einem abgetrennten Bereich der Schublade direkt über den Münzen.

Sarah reichte einem Kunden sein Wechselgeld und griff dann nach einem der Zylinder.

Eine Patrone. Sie hielt sie gegen das Licht und starrte. Eine Silberkugel?

Sie schaute auf das antike Gewehr, das über der Theke hing. Eine .44 Winchester, so wie es aussah. Ein verstohlener Blick zu den Voss-Brüdern verriet ihr, dass sie beide mit dem Einschenken von Getränken beschäftigt waren, also schob sie die Kugel zurück in die Schublade und schloss die Kasse. Aus den Augen, aber nicht aus dem Sinn. Warum um alles in der Welt sollten die Voss-Brüder Silberkugeln aufbewahren? Eine ganze Handvoll davon nicht nur einen einzigen Glücksbringer.

Der nächste Kunde zahlte mit Kreditkarte, aber immer wenn jemand mit Bargeld bezahlte, warf sie einen weiteren Blick auf die Patronen, die im hinteren Teil der Kasse klapperten.

„Alles in Ordnung?", fragte Jess, als sie das nächste Mal vorbeikam, um Getränke abzuholen.

„Alles okay", antwortete Sarah und versuchte, sich wieder auf die Arbeit zu konzentrieren.

Der Lärmpegel im Saloon ging hoch und runter. Simons tiefe Stimme rief gelegentlich etwas neben ihr, während sich Soren mit Nicken und intensiven Blicken begnügte. Der gute alte Soren, der mehr mit seinen Augen als mit seinem Mund kommunizierte. Er knallte ein Glas auf die Theke, füllte es, ohne etwas zu vergießen, und ließ es auf der lackierten Oberfläche des Tresens hinuntergleiten.

Kein Wunder, dass die Kunden diesen Ort liebten. Es gab sogar einen Pianisten, der eine flotte Ragtime-Melodie spielte, die durch die Menge jedoch kaum zu hören war. Livemusik war eine weitere von Jessicas neuen Ideen, die sie ausprobierten. Das Football-Spiel lief ohne Ton und wenn Sarah den Blick vom Bildschirm abwandte, war die Szene so wildwestlich, wie man es sich nur vorstellen konnte. Bis hin zu den Handtüchern, die in Abständen entlang der Bar hingen – die Art, mit denen sich die Männer früher die Schnurrbärte abwischten – und einer Reihe von Messingspucknäpfen. Gott sei Dank benutzen die Kunden diese nicht, außer für das gelegentliche Trinkgeld.

„Das Rippchen-Spezial für Tisch vier", beeilte sich Jess zu sagen.

„Ein Krug Bier für Tisch sieben", fügte Janna eine Sekunde später hinzu. „Könnt ihr den rüberbringen, Jungs? Ich muss das Essen holen."

Simon starrte ausdruckslos durch den Saloon.

Sarah zeigte in eine Ecke. „Tisch sieben – dort drüben."

„Du kennt die Tischnummern schon?"

„Klar." Sie zählte sie ab. „Du nicht?"

Die Brüder tauschten müde Blicke aus. Soren schenkte weiter Getränke ein, während Simon loszog, um das Bier auszuliefern, und dabei etwas über Weiber murmelte. Oder hatte er Wölfe gesagt?

„Noch ein paar Stunden so und wir können uns das neue Bad leisten", bemerkte Janna, als sie das nächste Mal vorbeikam.

Es vergingen noch ein paar Stunden und das wie im Flug, denn Soren stand direkt neben Sarah und berührte praktisch ihren Ellbogen. Trotz ihrer müden Füße, dem schmerzenden Rücken und dem lärmbedingten Klingeln in den Ohren fühlte es sich gut an. Sie wechselten kein einziges Wort – was bei dem Lärmpegel wahrscheinlich auch gar nicht möglich gewesen wäre – und schauten sich nicht einmal an. Aber das machte es nur einfacher. Sie beide gingen still ihrer Arbeit nach, aber es reichte. Irgendetwas tief in ihr summte vor lauter Vergnügen, so als würden sie auf der Matratze in der alten Hütte, in die sie sich stets geschlichen hatten, kuscheln, und nicht hinter einem Tresen stehen.

Ja, sie machte sich wieder etwas vor. Sie wusste, dass das Gefühl nicht von Dauer sein würde. Aber verdammt noch mal, sie würde die kleinen Freuden nehmen, wie sie kamen, und versuchen, den Rest zu verdrängen.

„Danke Schätzchen", sagte ein Mann und unterschrieb seine Rechnung.

Soren funkelte ihn an – *Schätzchen?* – und hätte fast die Zähne gefletscht.

Auch das war wie in den guten alten Zeiten, als er es nicht ertragen konnte, einen anderen Mann in ihrer Nähe zu sehen. Warum also, oh warum nur, hatte er sie jemals gehen lassen? Warum hatte er darauf bestanden, sich zu trennen, als er Montana verließ? Warum hatte er ihr gesagt, sie solle sich jemand anderen suchen? Es ergab keinen Sinn.

Sie schaute zu Soren hinüber, als der sich gerade abwandte. Als er sich wieder umdrehte, war er genauso unergründlich wie immer. Vielleicht sogar mehr denn je. Der Mann trug eine emotionale Rüstung, die dicker als Büffelleder zu sein schien. Es hatte eine Zeit gegeben, in der er sie an sich herangelassen hatte, aber jetzt...

Sie kniff die Augen zu und spürte, wie all das Bedauern in ihr aufstieg.

„Das Trinkgeld ist für dich, Süße", sagte ein Mann an der Bar und sie riss sich wieder zusammen.

„Danke."

Janna zwinkerte ihr von hinter dem Mann zu. Sie hatte die Trinkgelddose aus dem Café geholt und es funktionierte wie immer. Eine geborene Geschäftsfrau, diese Janna.

Sarah spürte, wie Soren jedes Mal zusammenzuckte, wenn ein Kunde sie *Schätzchen* oder *Süße* oder sogar *Pfläumchen* nannte – was sie fast zum Würgen brachte –, aber sie ließ es über sich ergehen, weil es zum Job gehörte.

„Gott sei Dank sind wir im letzten Viertel." Jessica starrte zum Fernsehbildschirm hinüber.

Die Rippchen und das Dessert waren schon längst ausverkauft, aber die Leute blieben trotzdem, tranken und feuerten das Football-Spiel an.

Ein weiterer Gast taumelte zur Bar. „Trinkgeld für die hübsche Dame."

„Danke", sagte sie mit flacher Stimme, während sie das Wechselgeld abzählte.

„Und für das Baby." Der Typ wackelte mit den Augenbrauen.

Sie zählte innerlich langsam bis fünf. Gott, sie hasste das Glitzern in den Augen der Leute, wenn sie so offensichtlich über den Akt spekulierten, der das Baby erschaffen hatte, anstatt über das Kind selbst. Genau genommen über das Wann und Wie und Mit wem.

Soren stand bedrohlich hinter ihr – sie konnte ihn dort spüren. Er strahlte mehr als nur Körperwärme aus –, aber der Kunde war zu betrunken, um davon abzulassen.

„Ist das der Glückspilz?", fragte der Mann.

Wenn Sarah sich auf einen anderen Teil des Kontinents hätte wünschen können – oder in eine winzige Höhle, in der sie sich zusammenrollen und sterben konnte –, dann hätte sie es getan.

Soren knurrte so tief, dass sie es bis in ihre Knochen spüren konnte. Sie konnte sich die Szene schon vorstellen, die sich abspielen würde, wenn sie nichts unternahm. Der Kunde würde eine weitere dumme Bemerkung machen und Soren würde ausrasten. Er würde den Kerl beim Kragen und bei der Jeans packen und ihn direkt vom Boden hochheben. Stühle würden klappern, während die Leute Soren aus dem Weg sprangen, und Soren würde den Kerl in hohem Bogen direkt zur Tür hinausschleudern. Oder schlimmer noch, direkt durchs Fenster des Saloons.

Oh Gott. Das würde er nicht tun. Oder doch?

Ein Blick zu ihrer Rechten zeigte Sorens Gesicht in der erschreckendsten Schattierung von Rot, die sie je gesehen hatte.

Großer Gott, sie konnte jetzt alles vor sich sehen, bis hin zum Schweigen, das den Laden verstummen lassen würde, wenn das Glas zersplitterte. Die Menge im Saloon würde nach Luft schnappen. Der Pianist würde mitten im Stück abbrechen und der Schiedsrichter auf dem Fernsehbildschirm würde stumm beide Arme heben, um zu rufen:

Touchdown!

Sie stellte sich vor, wie Soren seine Hände abklopfte und alle ein oder zwei Schritte zurückwichen. Dann würde Jessica – die gute alte Jessica – den Pianisten zu einer weiteren Melodie antreiben und alle zu einer reduzierten Runde Getränke einladen. Es würde nicht lange dauern, bis sich alle wieder auf ihre Gläser konzentrierten, aber die Polizei würde schon bald auftauchen. Wahrscheinlich gerade dann, wenn sie sich zurücklehnten und die Gewinne des Abends zählten.

Nun, das könnte uns unser neues Badezimmer beschert haben, würde Janna, die ewige Optimistin, sagen.

Eine kühle Brise würde durch die scharfen Glaskanten der vorderen Fensterscheibe wehen.

Ohne die Dusche vielleicht, würde Simon hinzufügen.

Dann würden die scharfzackigen Glassplitter rot und blau aufblitzen, während draußen ein Polizeiwagen vorfuhr. Und wenn die Polizisten Soren fragten, was er aus dem Fenster geworfen habe, würde er mit flacher Stimme antworten.

Müll, konnte sie sich vorstellen, ihn grunzen zu hören. *Müll.*

Ein Szenario, das sie wirklich nicht erleben wollte, also wies sie den Kunden in Richtung Ausgang. „Einen schönen Abend noch."

„Tschüss, Schätzchen."

Sie legte eine Hand auf Sorens Arm und spürte die Anspannung, die durch ihn strömte. Sie schloss die Augen und schickte ihm beruhigende Gedanken. Denn Soren war Soren und obwohl seine Zündschnur lang war, wollte sie nicht, dass er sich seiner Grenze auch nur näherte.

Sie dachte an den goldenen Espenhain auf dem Weg zu Cooper's Hill. An das flüsternde Geräusch des Schnees, der von den Kiefernzweigen herabrieselte. An den Geschmack von Honig, den sie im Sommer direkt von einem Stück Honigwabe genascht hatten. An die wohltuende Energie des Sonnenlichts, das über eine nach Süden gerichtete Wiese strahlte, auf der sich Wildblumen wiegten. Und langsam, aber sicher spürte sie, wie die aufgestaute Frustration unter Sorens Haut nachließ.

Der Saloon verblasste – die Menschenmenge, der Lärm und der Geruch nach Malz – bis nur noch ihre Berührung übrig blieb. Soren drehte seinen Unterarm und zog ihn zurück, bis er seine Finger in ihre verschränken und über ihre Handfläche spielen konnte. Für einen Augenblick – den kürzesten aller Augenblicke – waren sie eins. So wie sie es sich manchmal vorstellte, wenn die Grenze zwischen ihr und ihm verschmolz, bis es nur noch sie *beide* gab. Eine perfekte, grenzenlose Einheit zweier Seelen.

„Ähm, Sarah, bist du bereit, den Tisch abzurechnen?" Janna unterbrach sie in ihrer Träumerei.

Als Sarah ruckartig in die Realität zurückgerissen wurde, glitt ihre Hand aus Sorens und wanderte stattdessen zu ihrem Bauch.

Soren folgte ihr mit dem Blick und für einen Moment bröckelte seine Abwehr. Er sah ihr in die Augen. Sein Blick war so wehmütig und doch so voller Schmerz und Sehnsucht, dass sie hätte weinen können.

Ich habe dich nie betrogen, wollte sie protestieren.

Aber indirekt hatte sie es natürlich doch getan.

Ich wollte nie einen anderen als dich, hätte sie fast heraus geplatzt. Aber wenn sie dies gesagt hätte, hätte er leicht etwas erwidern können wie: *Warum zum Teufel bist du dann schwanger?* Und was würde sie dann sagen?

Seine Augen stellten ihr genau diese Frage, während er sie musterte. Er flehte sie fast an.

Wollte er es wirklich hören? Wollte er es wirklich wissen?

Sie wollte nach seiner Hand greifen – sofort alles stehen und liegen lassen – und sie festhalten. *Bitte*, würde sie ihn anflehen. *Bitte lass es mich erklären.*

Sie wollte dies schon seit ihrem ersten Tag tun, aber sie hatte die Worte nie über die Lippen gebracht. Und auch jetzt schaffte sie es nicht, sie hervorzubringen. Also dachte sie sie, so fest sie konnte.

Bitte. Bitte lass es mich erklären.

Sorens Augen funkelten sie an und einen Moment lang dachte sie, er würde erwidern, *Ja. Ja, bitte erkläre es.*

Aber dann bat ein Kunde um ein weiteres Getränk und Soren schüttelte den Kopf.

Nicht hier. Nicht jetzt.

Und so war ihre Chance dahin, wenn sie überhaupt je bestanden hatte.

„Ähm, Sarah. Die Rechnung?", fragte Janna.

Nachdem sie die Rechnung eingegeben und sich wieder zu Soren umgedreht hatte, war sein Gesicht genauso steinern wie zuvor. Ein weiterer kleiner Riss breitete sich in ihrem Herzen aus. Sie liebte ihn so sehr, dass es schmerzte. Vermisste ihn so sehr, dass sie platzen könnte.

Sie rieb sich mit müder Hand über die Augen und sagte sich, dass sie ihn aufgeben und sich auf das Baby konzentrieren sollte. Das war ihre Zukunft. Sie und das Baby.

Und die Leere auch? rief die kleine Stimme in ihr.

Das Football-Spiel war eine Ewigkeit später endlich zu Ende und die Menge begann sich aufzulösen. Es gab einen Ansturm von Rechnungen, die zu begleichen waren, aber dann kehrte Ruhe ein. Alle, die im Saloon gearbeitet hatten, starrten ausdruckslos ins Leere und kamen wieder zu Atem.

„Wahnsinn", murmelte Janna. „Was für ein paar verrückte Stunden."

Sarah starrte durch das verzerrte Muster, das das Wasserglas warf, welches Soren ihr schweigend in die Hand gedrückt hatte. Sie nickte vor sich hin.

Das konnte man laut sagen. Was für ein paar verrückte Stunden.

Kapitel 10

Soren polierte das letzte Glas und stellte es an seinen Platz, während Janna die Spüle reinigte.

„Heiliger Strohsack." Simon stellte den letzten Stuhl auf den letzten Tisch, den Jessica gerade abgewischt hatte. „Was für ein Abend."

Was für ein Abend, das konnte sich auf ein Dutzend verschiedene Dinge beziehen, aber was auch immer Simon meinte, Soren stimmte von Herzen zu.

Für ihn hätte die Liste der Dutzend Dinge mit Sarah, Sarah und Sarah beginnen können. Sie so nah bei sich zu haben. Zu spüren, wie ihr Heckenkirschenduft so rein und sauber über all den anderen Gerüchen in der Bar schwebte. Ihre Stimme zu hören und einen flüchtigen Blick auf ihr Lächeln zu werfen. Das Licht auf ihrem Haar tanzen zu sehen. Der natürliche Rotton schimmerte durch die kastanienbraune Färbung und dies zu sehen, erinnerte ihn noch mehr an die alten Zeiten. Sie waren beide zu sehr mit der Arbeit beschäftigt gewesen, um die Unbehaglichkeit zu spüren, die in diesen Tagen zwischen ihnen in der Luft hing. Und das tat gut. Wirklich gut.

„Darf ich einmal sagen, dass wir das total klasse gemacht haben?", fügte Janna hinzu. Sie schlug mit Emma ein und grinste Cole an, der gerade einen Wischmopp schwang.

„Wir sind ein gutes Team", stimmte Cole zu.

Soren nickte. Sie waren ein gutes Team. Tatsächlich ein großartiges Team. Ihre kleine zusammengewürfelte Truppe aus Wölfen und Bären hatte sich in dieser unerwarteten Ecke der Welt eine Zukunft aufgebaut. Er, sein Bruder, seine Clanmitglieder und Sarah.

Gott, sie passte genau hinein.

Sie und das Baby, sagte sein Bär.

Er schaute auf und fragte sich, ob sie schon schlief. Jessica hatte Sarah nicht erlaubt, beim Aufräumen zu helfen, so sehr sie auch darauf bestanden hatte. Und das war auch gut so. Sarah war zäh – superzäh – aber eine Frau, die im siebten oder achten Monat schwanger war, sollte nicht so viele Stunden arbeiten, wie sie es an diesem Tag getan hatte. Er würde sie auf gar keinen Fall beim Putzen helfen lassen. Es war verdammt gut, dass Jessica das Reden übernommen hatte, denn hätte er es selbst tun müssen, hätte er alles ruiniert.

Er war nicht gut im Reden. Nicht gut im Erklären. Er war nicht gut darin, all die Dinge zu sagen, zu denen sein Bär ihn in den letzten Wochen gedrängt hatte.

Zum Beispiel, *Sarah, wir müssen uns unterhalten.*

Oder, *Sarah, ich wünschte, ich hätte hundert Dinge anders gemacht.*

Oder, *Sarah, ich liebe dich. Liebst du mich auch?*

Sein Bär war sich so sicher, dass sie ihn liebte, so dass auch er sich zu wundern begann. Sie hatte kein Wort über den Vater des Babys verloren. Vielleicht war der Mistkerl durchgebrannt? Die Art, wie Sarah ihn manchmal ansah, bewegte sein Herz. Ihre Augen füllten sich mit Hoffnung, Verwunderung und Reue – genau dieselben Dinge, die ihm jedes Mal die Kehle zuschnürten, wenn er sie ansah und versuchte, etwas anderes als einen ersticken Laut hervorzubringen.

Aber heute Abend war alles ein wenig entspannter gewesen – wenn man den Trubel im Saloon an diesem Abend als *entspannt* bezeichnen konnte. Ein bisschen normaler fast. Nun, *normal* stimmte aber auch noch lange nicht. Es war jedoch immerhin besser als zuvor.

Jessica lehnte sich an eine Wand. „Ich bin mir nicht sicher, ob ich den Geschäftsansturm der Sportsbar je wieder haben will.“

Soren räusperte sich schroff. Er war der Alpha hier; es war an der Zeit, seinen Clan zu loben. „Gute Arbeit, Leute. Danke.“

Er schloss die Vordertür hinter Cole und Janna ab, die Emma nach Hause fuhren. Dann winkte er dem alten Harry, ihrem Koch, der durch die Hintertür verschwand, zum Abschied zu.

Jessica und Simon schleppten sich müden Schrittes die Treppe hinauf und im Saloon wurde es für eine Weile still.

Soren schaute sich noch einmal um, löschte das Licht und machte sich auf den Weg ins Büro. Er graute sich jetzt schon vor all den Zahlen, die er irgendwann zusammenrechnen müsste. Er musste die Einnahmen in den Tresor legen, die Quittungen des heutigen Abends abheften und...

Als er die Tür zum Büro öffnete, wurden seine Gedanken unterbrochen. Er stieß ein Knurren aus. Kein Knurren der Warnung oder des Zorns, sondern einen kehligen, besitzergreifenden Ton. Sarah war da und saß in seinem Bürosessel. Sie hatte die Arme vor sich verschränkt und ihren Kopf auf das Dickicht des Papierkrams auf seinem Schreibtisch gelegt. Sie war eingeschlafen.

Mein Büro. Mein Schreibtisch. Meine Gefährtin, brummte sein Bär.

Er rieb eine Schulter am Türrahmen und markierte sein Revier, so wie er sich wünschte, Sarah markieren zu können. Er hatte früher Stunden damit verbracht, sein Kinn an ihrem Hals und ihren Wangen zu reiben, bis sie ganz rosa wurde. Irgendwann hatte sie seinen Mund stets zu ihren Lippen geführt, um ihn erneut leidenschaftlich zu küssen, was viel mehr als nur der Auftakt zu einer weiteren Runde Sex gewesen war.

Er schaute sie eine gute Minute lang an und atmete das friedliche Gefühl tief in seine Seele ein. Nicht, dass es ihm gefiel, dass sie gleich weitergearbeitet hatte, anstatt ins Bett zu gehen – so wie es aussah, hatte sie mit der Buchhaltung des Saloons begonnen – oder dass es nicht bequem sein konnte, so zu schlafen. Aber irgendetwas an dieser Szene wärmte seine Seele.

Sarah, die auf seinem Platz saß. Sarah, als Teil seines Clans.

Ein Traum wurde wahr, wenn auch auf eine verworrene Art und Weise. Aber in diesen Tagen würde er nehmen, was er kriegen konnte.

Die Umschläge und Papiere um sie herum waren alle mit Klebezetteln und Bleistiftkritzeln markiert. Mein Gott, sie hatte schon angefangen, Sachen farblich zu markieren. Er konnte sich das Büro in einer Woche vorstellen, wenn er sie nicht aufhielt. Es würde Ablagefächer, Kalender und Ordner geben. Unmengen von Ordnern, alle in ordentlichen Reihen aufgestellt. Oder schlimmer noch, Hängemappen. Alphabetisch sortiert. All das und eine Tabelle, die mit großen klaren Buchstaben bedruckt war, damit sein legasthenisches Gehirn verstehen konnte, was wohin gehörte, und warum.

Er lächelte vor sich hin.

„Sarah." Er tippte auf ihren Arm.

Ihre Schultern hoben und senkten sich mit jedem ruhigen Atemzug und sein Herz raste von der Wärme, die durch seine Hand schoss, als er sie berührte.

Meine! sang sein Bär. *Meine Gefährtin!*

„Sarah", flüsterte er erneut und berührte ihre Hände. Er rieb sanft über die Brandnarben und spürte einen inneren Schmerz. Wäre er doch nur in dieser Nacht da gewesen. Hätte er Montana doch nur nie verlassen. Wenn er doch nur...

Er presste den Kiefer zusammen und drängte die Gedanken beiseite. Er würde sich später den Kopf darüber zerbrechen und diesen kostbaren Moment nicht damit ruinieren.

„Sarah", flüsterte er.

Ihre Finger zuckten, aber sie wachte nicht auf. Also rollte er langsam und behutsam den Schreibtischstuhl zurück und hob sie vorsichtig in seine Arme. Er drückte sie fest an sich und verbrachte eine Minute damit, das Gefühl zu genießen, dass so viel von ihr an so viel von ihm geschmiegt war. Sie war zwar zu dünn, aber es war immer noch sie. Immer noch Sarah und immer noch die Seine, zumindest in seinem Herzen.

Er atmete ihren Duft tief ein und genoss es. Ja, er war ein wenig anders als in seiner Erinnerung, aber er hatte endlich erkannt, woran dies lag. Sie war schwanger und das hatte ihren Duft verändert.

In Wahrheit veränderte es alles.

Vielleicht nicht alles, murmelte sein Bär.

Er hielt sie ein wenig näher und rieb sich unbewusst an ihr. Fast hätte er vor Vergnügen gebrummt, dass er dies endlich wieder tun konnte. Vielleicht hatte der Bär recht.

Natürlich habe ich recht.

So erschöpft er auch war, wünschte er sich doch, die Treppe wäre länger oder Sarahs Zimmer wäre weiter hinten im Flur, damit er sie noch ein wenig länger festhalten konnte. Aber ihr Zimmer war genau da, also stieß er die Tür mit einer Schulter auf und kniete sich langsam neben die Matratze. Die Decke war zurückgeschoben, so dass es ein Leichtes war, sie ins Bett zu legen. Sie loszulassen, war allerdings schwer. Verdammt, es war fast unmöglich.

Nur noch eine Sekunde, bettelte sein Bär.

Gott, noch eine Sekunde wäre schön.

Mit den Fingern strich er ihr das Haar hinter ein Ohr, ließ sich hinter ihr nieder und schloss die Augen.

Nur für eine Sekunde, versprach sein Bär. *Gar nicht lange.*

Gott, was würde er dafür geben, sie länger im Arm zu halten. Für eine Nacht. Eine ganze Nacht. Er wünschte, er könnte sie für den Rest seines Lebens halten, aber eine Sekunde würde genügen.

Eine Sekunde verging, dann noch eine und jedes Mal erfand er mehr Ausreden, um noch zu verweilen.

Nur um sicherzugehen, dass es ihr gut geht.

Das war alles, was er hier tat. Und verdammt, es war so schön und gemütlich und er war so müde. So, so müde.

Und so lagen sie aneinandergeschmiegt wie in alten Zeiten da und fast wäre er eingeschlafen, als ihn etwas anstieß.

Er riss die Augen auf. Das Zimmer war dunkel, aber die Straßenlaternen draußen spendeten genügend Licht, um die Kontur ihres Rückens zu erkennen. Der Raum war genau wie sein eigener nur spärlich möbliert und nichts darin bewegte sich. Nichts außer diesem seltsamen kleinen Puls unter seiner Hand. Er hatte seine Hand auf ihre Taille gelegt und mit seinen Fingern die ihren umschlossen. Sie befanden sich knapp oberhalb ihres dicken Bauches, aber unterhalb ihrer Brüste. Sozusagen auf neutralem Gebiet.

Und da war es wieder, dieses Stupsen. Nicht ihr Herzschlag. Eher ein Tritt.

Er machte große Augen, als er erkannte, was das war. Das Baby in Sarah bewegte sich. Es strampelte.

Er erstarrte und achtete darauf, dass seine Hand nicht noch näher rutschte. Es war nicht sein Baby. Er sollte es nicht berühren, bewundern oder darüber staunen. Das sollte er wirklich nicht tun.

Aber verdammt, das kleine Kerlchen strampelte erneut, und dieses Mal eindringlicher. Als ob das Baby berührt werden wollte. Vielleicht brauchte es irgendwie Trost. Also öffnete Soren die Hand und legte sie auf die Wölbung von Sarahs Bauch. Mit anderen Worten legte er sie auf das Baby und...

Heiliger Strohsack.

Das Baby strampelte und er verspürte etwas zwischen Übelkeit und Erstaunen.

Er hielt den Atem an und fragte sich, ob das Baby es noch einmal tun würde. Er fragte sich, warum das Baby strampelte. Er fragte sich, ob das Baby seine Hand spüren konnte.

Und *kick!* – ein weiterer Tritt.

Ein starkes kleines Kerlchen, gluckste sein Bär innerlich.

Eigentlich hätten bei ihm die Alarmglocken schrillen müssen, aber alles, was er spürte, war ein warmer und flauschiger Nebel.

Mach es noch einmal, wollte er dem Baby sagen. *Mach es noch einmal.*

Kick! antwortete das Baby.

Es war natürlich lächerlich, zu glauben, dass das Baby ihn spürte, aber es erfüllte ihn trotzdem mit einem irren Anflug von Stolz.

Er hört zu! Sein innerer Bär klatschte vor Freude fast die Pfoten zusammen. *Er mag mich!*

Ja, total lächerlich, aber es war bereits nach Mitternacht und er war verdammt müde. Was war denn schon dabei, wenn er ein wenig halluzinierte?

Kick-kick-kickedikick, machte das Baby und trommelte jetzt an zwei verschiedenen Stellen. War das dort drüben ein Arm? Und ein Bein auf dieser Seite?

Kick! Bumm! Das Baby schien sich für eine Gymnastikstunde aufzuwärmen. Wie konnte Sarah überhaupt schlafen?

Er streichelte sanft über ihre Haut und versuchte, das Baby zu beruhigen. Offensichtlich war das Kind wegen irgendetwas aufgeregt.

Mommy muss jetzt schlafen. Soren sandte den Gedanken aus, als wäre es sein Bruder am anderen Ende des Zimmers und nicht ein Baby unter seiner Hand. Gestaltwandler konnten ihre Gedanken direkt in die Köpfe ihrer Clanmitglieder senden, aber die meisten Menschen waren für diese Form der Kommunikation taub. Er tat es trotzdem. Warum auch nicht?

Mommy hat sehr, sehr hart gearbeitet und sie wünscht sich jetzt, dass du ein guter Junge bist.

Wie er darauf kam, dass das Kind ein Junge war, wusste er nicht. Aber irgendwie fühlte es sich richtig an. Genauso wie es sich richtig anfühlte, Sarah Mommy zu nennen. So wie es sich richtig anfühlte, sie im Arm zu halten.

Wahre Liebe, flüsterte sein Bär. *Deshalb fühlt es sich so richtig an.*

Soren dachte eine Weile darüber nach. Vielleicht verstand der Bär das Konzept besser als er. Vielleicht hatte wahre Liebe mehr mit Vergebung als mit Stolz zu tun. Damit, nach vorn zu blicken, und nicht zurück.

Er streichelte mit dem Daumen über ihre Haut und sein Bär nickte.

Meine.

Er wagte nicht, zu fragen, ob der Bär damit mehr als nur Sarah meinte.

Das Baby strampelte, als ob es darauf reagieren würde.

Hartnäckiges kleines Ding. Sein Bär lächelte.

Soren holte tief Luft. Kein Grund, sich verrückten Gedanken hinzugeben, wenn er so erschöpft und so verwirrt war. Es zählte nur, Sarah weiterschlafen zu lassen.

Leise, versuchte er, das Baby zu beruhigen. *Mommy muss sich ausruhen.*

Das Kleine zappelte fröhlich weiter, also versuchte Soren es mit einem Brummen. Ein wirklich tiefes, tiefes Summen, das eher eine Vibration als ein Ton war und durch seine Brust zu Sarah und dem Baby wanderte. Er summte einen langen tiefen Ton, atmete tief ein und wiederholte das Ganze.

Es dauerte eine Weile, aber das Zappeln beruhigte sich und hörte schließlich ganz auf. Dies hatte wahrscheinlich nur damit zu tun, dass das Baby eingeschlafen war, als dass er summte, aber es fühlte sich trotzdem gut an. Sein Vater hatte ihm immer etwas vorgesummt, als er noch ein Kind war. Oder war es seine Mutter gewesen? Er konnte es nicht genau sagen, denn die Erinnerungen waren so verschwommen. Aber es fühlte sich richtig an. Gewissermaßen wie eine Brücke aus der Vergangenheit in die Zukunft.

Auf eine wirklich verrückte unlogische Art, denn es war ja nicht sein Baby.

Und wenn wir es zu unserem machen? warf sein Bär ein.

Ein wirklich lächerlicher Vorschlag. Aber das war ihm jetzt egal. Er erlaubte sich, sich vorzustellen, wie das sein könnte. Tatsächlich ein Baby im Arm zu halten und es nicht nur unter der Haut seiner Mutter zu berühren. Zu sehen, wie es die Augen öffnete, oder besser noch, wie es lächelte.

Normalerweise war das Einschlafen für ihn ein stundenlanges Hin- und Herwälzen, aber in dieser Nacht... In dieser Nacht war es anders. Friedlich. Gelassen. Er zählte die Schläge von Sarahs Herz, summte noch ein wenig und ehe er sich versah, kämpfte er nicht gegen hundert unsichtbare Feinde, sondern schwebte sanft auf einer flauschigen Schlafwolke davon.

Kapitel 11

Sarah klammerte sich an ihre süßen Träume, wie ein schiffbrüchiger Seemann sich an ein Stück Holz klammern würde. Es schien, als würde die Sturmflut der Albträume, die sie in den letzten Monaten ertragen musste, endlich nachlassen. So als würde die Sonne durchbrechen, denn endlich – endlich! – hatte sie einen guten Traum.

Ruhig. Friedlich. Gelassen. Sie hatte fast vergessen, wie sich das anfühlte.

Sie träumte, sie wäre wieder in der Hütte oben in den Bergen und an Soren gekuschelt. Sie waren an einem Winterwochenende vor sehr langer Zeit dort hinaufgewandert. Soren hatte ein großes Feuer im Kamin gemacht und sie hatten sich unter mehreren Decken auf der Matratze aneinandergekuschelt. Er hatte sie von hinten umarmt und an seine Brust gezogen, während er mit dem Daumen über ihre Haut fuhr. So waren sie eingeschlafen.

Gott, all die Dinge von denen sie damals geträumt hatte. Abenteuer. Leidenschaftliche Nächte. Unbegrenzte Horizonte. Aber die letzten Monate hatten alles verändert und dies war ihre neue Version des Himmels. Ein friedlicher Morgen im Bett, an dem sie nirgendwo hin und vor niemandem weglaufen musste. Keiner der üblichen hilflosen Träume, bei dem sie mit den Füßen im Sand versank. Und auch keiner der Träume mit leisen Schreien, die niemand hörte. Nur ein einfacher ruhiger Traum darüber, im Bett zu schlummern. Sogar das Baby schien friedlich vor sich hin zu dösen.

Sie seufzte, streckte sich und zog die Decke enger um sich herum. Die Bettwäsche war so weich, dass sie kaum raschelte. Dann widmete sie sich wieder ihrem Traum und streichelte

Sorens Finger, die um ihre geschlungen waren. Sie waren dick und schwielig und voller kleiner Kerben und Narben. Also zog sie seine Hand an ihre Lippen und küsste sie.

Hinter ihr regte sich Soren und küsste ihre Schulter, was sie zum Summen brachte.

Ihre Nase zuckte, als ihr ein Gedanke durch den Kopf schoss. Eigentlich hätte sie den Kuss auf nackter Haut spüren müssen, aber es war ein Kuss durch eine Schicht Kleidung hindurch. Ein Fehler in ihrem Traum, nahm sie an.

Dann küsste er sie erneut und sie riss die Augen auf.

Die Hälfte des gesamten morgendlichen Arizona-Sonnenlichts schien durch das gerundete Fenster zu dringen und der dünne Vorhang konnte es kaum abwehren. Der Raum war von einem rosigen Glanz erfüllt. Draußen sangen die Vögel und sie war wach.

Wach – sie träumte nicht.

Soren hatte sich tatsächlich an ihren Rücken gekuschelt. Soren hatte ihr tatsächlich die Schulter geküsst. Soren hielt tatsächlich ihre Hand in der perfekten Position über ihrem Babybauch.

Sie versteifte sich und ihr Herz raste im dreifachen Takt, während sie ganz still dalag. Was sollte sie tun? Was sollte sie sagen?

Sorens Daumen fing an, sich über ihre Finger zu bewegen. Er strich sanft hin und her, dann vor und zurück. Er schien wach zu sein. Was sollte sie also tun?

Eine Weile lang tat sie gar nichts, bis sie bemerkte, dass ihre Finger automatisch Sorens Hand zurück streichelten. Seine Brust dehnte sich mit einem Seufzer aus. Diese großen Hände umklammerten ihre und ließen sie winzig wirken.

Und das Verrückte daran war, dass es sich gut anfühlte. Beruhigend. Richtig. Ihre Seele sang und ihr Körper tat es ebenfalls.

Vielleicht war das auch der Grund, warum sie sich schließlich langsam zu ihm umdrehte und ihm ins Gesicht sah. Ein dummer Schachzug, denn sich ihm zuzuwenden bedeutete, sich der Realität stellen zu müssen.

Zu ihrer Überraschung waren Sorens Augen jedoch ruhig und blau wie ein Sommerhimmel. Sein Ausdruck war irgendetwas zwischen traurig und wehmütig. Ohne etwas zu sagen, streckte er die Hand aus und rieb mit dem Daumen über ihre Lippen. Wieder und wieder, vor und zurück.

Fast hätte sie etwas gesagt, aber was sollte sie sagen? Also biss sie sich auf die Unterlippe und überließ ihren kleinen Gesten das Reden. Mit den Fingern streichelte sie über sein Ohr und sagte, *Ich vermisse dich so sehr.* Tränen stiegen ihr in die Augen. *Ich möchte es erklären.*

Er strich mit seiner Hand über ihre Wange und auch dies sprach Bände.

Dann bewegte sich das Baby auf eine Weise, die auch er spüren musste. Sie schloss die Augen und wartete darauf, dass er zurückwich.

Sie wartete eine gute lange Minute, aber Soren war immer noch da. Sein Körper versteifte sich nicht vor Anspannung und seine Augen loderten auch nicht mit Eifersucht auf. Als sein Blick auf ihren Bauch fiel, zogen sich seine Mundwinkel ein klein wenig nach oben.

Sein Gesicht wurde wieder traurig, als sich ihre Blicke trafen, und er spitzte die Lippen, so wie er es immer tat, wenn er über ein Problem nachdachte.

Ein großes Problem, denn auch wenn keine Ziegelmauer mehr zwischen ihnen stand, gab es immer noch einen tiefen Abgrund.

Schließlich war sie diejenige, die sich von ihm löste, und er war derjenige, der ihr nachsah.

„Ich muss zur Toilette", flüsterte sie, obwohl sie eigentlich nach einem würdevollen Abgang suchte. Sie brauchte etwas Raum zum Nachdenken.

Sie starrte lange in den Badezimmerspiegel, bevor sie in ihr Zimmer zurückkehrte. Soren lag immer noch genau da, wo sie ihn zurückgelassen hatte.

Sie beugte sich hinunter, um über seine Wange zu streicheln, und er schmiegte sich in ihre Berührung.

„Danke", flüsterte sie.

Ein Wort konnte niemals all die Gefühle ausdrücken, die in ihr tobten, aber alles andere hätte den Moment ruiniert. Sie konnte sich nicht dazu durchringen, zu reden. Und so sehr sich ihr Körper auch danach sehnte, war sie zum Küssen oder Kuscheln noch nicht wieder bereit. Sie musste aufhören, während sie noch konnte. Sie wollte die Schönheit dieses Morgens genauso festhalten, wie sie war. Nicht mehr und nicht weniger.

Als sie sich von ihm entfernte, seufzte Soren, protestierte jedoch nicht. Auch nicht, als sie leise zur Tür hinaus und die Treppe hinunter ging. Vielleicht musste auch er noch ein wenig länger an diesem Traum festhalten.

Bislang war niemand aufgestanden, denn es war ein Montag und sowohl der Saloon als auch das Café waren geschlossen. Noch nicht einmal Jessica war wach, die einzige Frühaufsteherin unter ihnen. Sarah machte sich eine Tasse Tee, setzte sich an Sorens Schreibtisch und nippte eine Weile still daran.

Ein Lieferwagen rollte die Gasse hinunter. Eine Katze miaute und ein Blauhäher flatterte an die Vogeltränke, die der Nachbar im Garten aufgestellt hatte. Den Geräuschen nach zu urteilen, die von der Straße herüberdrangen, wachte die Stadt langsam auf und ging an die Arbeit.

Also tat sie es auch. Sie machte dort weiter, wo sie aufgehört hatte, blätterte die Papiere durch und ordnete sie in Stapel. Eine Aufgabe, die sie gerade genügend beschäftigte, dass der Rest ihres Verstandes glückselig leer blieb.

Eine halbe Stunde später knarrte die Treppe und ein Schatten näherte sich der Bürotür. Es war Soren, der nur eine Jogginghose und sonst gar nichts trug. Er lehnte sich an den Türrahmen und rieb sich die Schulter, als hätte er einen unstillbaren Juckreiz, so wie er es in der alten Hütte oben auf Cooper's Hill stets getan hatte. Er stand einfach da und rieb sich die Schulter, während er sie ansah, als wollte er sich auch an ihr reiben. Was er natürlich auch tun würde, wenn sie erst einmal nackt wären und–

„Sarah.“ Seine Stimme drang in den Raum wie eine verschlafene, alte Katze. Sie war genauso leise und sanft.

Sie hatte Angst, dass er etwas sagen würde wie, *Wir müssen reden.* Etwas, das diese schöne kleine Scheinwelt, in der sie sich so lange wie möglich verstecken wollte, zerstören würde.

„Was machst du da?", fragte er.

Sie ließ ihren Blick über den Schreibtisch schweifen und versuchte, eine nette Formulierung zu finden, die sagte, *Dieses Chaos beheben.*

Sie beantwortete seine Frage mit einer Gegenfrage. So war es sicherer. „ Habt du und Simon die Bücher allein geführt?"

Soren kratzte sich an einer Stelle am Bauch, wo ein Muskel seines durchtrainierten Waschbrettbauchs auf den anderen traf, und sie wurde für einen Moment abgelenkt.

Sie schüttelte den Kopf und zwang ihren Blick nach oben. „Ähm... Wie bitte?"

„Nur ich", brummte er.

Sie konnte sich Soren, der in diesem winzigen Raum über den Zahlen hockte, nur schwer vorstellen.

„Simon kümmert sich um die Bar", sagte er. „Ich räuchere die Rippchen. Wir sind beide nicht gut in Buchhaltung, also haben wir eine Münze geworfen."

Sie konnte sich regelrecht vorstellen, wie ihre geschäftstüchtige Mutter aufschreien würde. *Ihr habt was getan?*

„Welchen Job hat Simon bekommen?"

Es war gut, über etwas anderes als die Vergangenheit zu sprechen. Über etwas relativ Sicheres.

Soren wies mit dem Daumen auf die gerahmte Urkunde an der Wand. „Simon verhandelt mit der Stadtverwaltung. Er besorgt die Lizenzen, die wir brauchen."

Sie biss sich auf die Lippe. Nur die Voss-Brüder würden ein Geschäft auf der Grundlage eines Münzwurfs führen. Aber verdammt, es schien zu funktionieren. Die Brüder führten die Bar und Jessica und Janna kümmerten sich um die Kunden. Alles in allem schien das Geschäft auf dem Weg zum Erfolg zu sein. Aber die Buchhaltung...

Mit einem Blick auf den Papierkram, der auf dem Schreibtisch verteilt war, unterdrückte sie einen schmerzverzerrten Seufzer. Soren war noch nie gut mit Zahlen gewesen. Während ihrer gesamten Schulzeit hatte sie ihm in Mathematik helfen müssen. Sie war sogar diejenige gewesen, die ihm beigebracht hatte, wie man eine Sieben richtig schreibt und die Drei nicht verkehrt herum dreht. Soren war sehr klug, aber er war ein wenig legasthenisch, was sich in seiner Buchhaltung bemerkbar machte.

Soren seufzte und schaute sie mit gequältem Blick an. „Lass mich einen Kaffee holen."

Sie nahm an, dies sei Männersprache für *Ich bin hier raus*, aber drei Minuten später war Soren mit einem Teller Muffins in einer Hand und zwei Kaffeetassen in der anderen wieder zurück. Eine Tasse Kaffee für ihn und eine Tasse Tee für sie.

Sie schnupperte an der Tasse. Pfefferminztee, genau wie sie in mochte mit einem Schuss Milch.

„Die Muffins sind von gestern", entschuldigte er sich und zog sich einen Stuhl heran. Er schlug ein Buch auf und zog eine Grimasse.

Sarah beobachtete ihn aus den Augenwinkeln. Er war im letzten Jahr sehr erwachsen geworden. Verdammt, das waren sie beide. Und obwohl Soren schon immer der ruhige, ernste Typ gewesen war, hatte sie ihn noch nie so gesehen. So konzentriert. So unglücklich und doch so entschlossen. So entschlossen, das Beste aus dem zu machen, was er hatte.

Er nahm einen Bissen seines Muffins – was bedeutete, dass die Hälfte davon in seinem Mund verschwand – und fuhr mit dem Finger über die Seite. „Hier führe ich alle Ausgaben auf. Die Einnahmen notiere ich hier drüben..."

Sie blinzelte auf das linierte Blatt mit den Bleistifteinträgen. Sogar ihr technikfeindlicher Vater hatte irgendwann nachgegeben und sich einen Computer zugelegt. Hatte Soren die Bücher wirklich von Hand geführt?

„Am Ende der Woche rechne ich sie hier zusammen..."

Sie beobachtete, wie er mit den dicken Fingern über die dünnen Zeilen des Textes fuhr, und bewunderte die Selbstdisziplin, die ein Mann wie er brauchen würde, um sich hinzusetzen und eine solche Aufgabe zu erledigen. Soren gehörte in die Wälder. Er gehörte in einen Holzschuppen. In ein Sägewerk, wie das, das seine Familie betrieben hatte. Er gehörte nicht an einen Schreibtisch.

Er zog ein etwas weniger abgenutztes Buch hervor. „Am Ende des Monats übertrage ich alles in dieses hier..."

Sie blinzelte auf die krummen Spalten und die krakelige Schrift. „Das ist also dein POS-System, ja?"

„PO-was?"

„Point of Sales, dein Kassensystem." Sie schloss den Mund. „Vergiss es." Seiner gerunzelten Stirn nach zu urteilen, wusste er wahrscheinlich auch nicht, was Selbstkostenprozentsätze waren. Und sie hatte gedacht, das Buchhaltungssystem, das Jessica im Café benutzte, wäre ein wenig simpel. Der arme Soren hier benutzte steinzeitliche Werkzeuge.

Er sah so niedergeschlagen aus, dass sie mit ihrer Hand über seine strich. Sie bemerkte erst, was sie tat, als sie ihn bereits berührte, und dann fühlte es sich so gut an, dass sie nicht mehr aufhören konnte.

„Du hast die Bar sehr schön restauriert", sagte sie und versuchte, die Situation auszugleichen.

Seine Mundwinkel zuckten ein wenig. „Die Bar, was?"

Ja, er wusste, dass sie nur versuchte, ihn aufzumuntern. Und es gefiel ihm auch.

„Sie ist hinreißend."

„Woher wusstest du, dass ich es war?"

Sie lächelte. „Ich dachte mir schon, dass du es sein musstest, also habe ich Simon gefragt. Drei Wochen, was?"

Laut Simon hatte Soren zwei Wochen lang geschliffen, Farbe entfernt und Dellen ausgebessert, bevor er eine weitere lange Woche damit verbracht hatte, all die Quadratmeter kunstvoll geschnitzten Holzes und die glatte Oberfläche des Tresens zu lackieren. Sechs Schichten Lack, was bedeutete, dass zwischen den Schichten geschliffen, gründlich gereinigt und mit sorgfältiger Hand gearbeitet werden musste. Kein Wunder, dass die Bar so glänzte.

„Ähm... So ungefähr." Seine Augen strahlten vor Stolz.

„Sie ist unglaublich."

Er zuckte mit den Schultern. „Sie ist ganz gut geworden."

„Sie ist großartig geworden."

Sie saßen noch ein oder zwei Minuten still da, rieben sich sanft die Finger und hielten halb den Atem an. Genug, um die Hoffnung zu wecken, dass der Zauber des Morgens vielleicht noch ein wenig länger anhalten könnte.

Doch dann kam Janna die Treppe hinuntergesprungen und Sarah machte alles zunichte, indem sie ihre Hand von Sorens zog, als wollte sie nicht, dass die Berührung gesehen wurde.

Warum zum Teufel nicht? schrie ihre Seele, als Soren die Schultern hängen ließ.

„Morgen!" Janna winkte in den Raum, ohne die Spannung zu bemerken, die sich plötzlich wieder zwischen ihnen breitgemacht hatte.

„Morgen", flüsterte Sarah und kämpfte gegen die Tränen an, die aus dem Nichts in ihre Augen schossen.

Gott, sie hasste die emotionale Achterbahnfahrt ihrer Schwangerschaft. Sie hasste es, auf Zehenspitzen um Soren herumzuschleichen, obwohl sie sich eigentlich nur in seine Arme stürzen wollte. Sie hasste es–

Sie griff mit der Hand nach der Schreibtischkante, als sie die Berge unerledigten Papierkrams in Augenschein nahm. Rechnungen, Quittungen, Erinnerungsnotizen. Soren musste jede Minute hassen, die er in diesem Stuhl verbrachte. Soren musste viele Dinge hassen, die er tun musste, um einen Neuanfang in seinem Leben zu machen. Wenn er sie akzeptieren konnte, konnte sie es auch.

„Hör mal", sagte sie zu Soren und versuchte, die Kluft zu überbrücken, die sich bereits wieder zwischen ihnen auftat. „Warum lässt du mich nicht im Büro helfen?"

„Ich brauche keine Hilfe", murmelte Soren und erhob sich.

Janna steckte ihren Kopf wieder durch den Türrahmen. „Oh mein Gott, er braucht unbedingt Hilfe."

„Janna", mahnte Soren.

„Im Ernst, du brauchst Hilfe", beharrte Janna.

Sarah konnte sehen, wie sich Sorens Gesicht rötete, aber Janna machte einfach weiter. Irgendwie schaffte sie den Drahtseilakt, Soren zu bedrängen, ohne dass er tatsächlich in die Luft ging.

„Hey, ich weiß, du tust dein Bestes", sagte Janna. „Aber Sarah ist ein absoluter Profi. Du solltest mal sehen, wie schnell sie die Buchhaltung für das Café macht." Sie schnippte mit den Fingern. „Ruckzuck. Sie ist unglaublich."

Soren funkelte Janna an, aber sie schien es nicht zu bemerken. Sie zeigte mit dem Finger auf seine Brust und tippte ein oder zweimal darauf. „Denk doch mal nach. Du könntest viel mehr Zeit in der Holzwerkstatt verbringen."

Soren presste die Lippen zusammen, aber Sarah entging der wehmütige Blick in die Richtung des Holzschuppens nicht.

„Viel mehr Zeit zum Wandern oder Laufen oder was auch immer ihr Bär–" Janna hustete und stotterte schnell weiter. „Brüder! Was auch immer ihr Brüder dort draußen in den Wäldern so macht."

Sarah folgte Sorens Blick zum oberen Rand der Fensterscheibe, von wo aus man das grüne Dickicht des Waldes im Nationalpark sehen konnte, der nicht allzu weit von der Stadt entfernt begann.

„Ich helfe gern", sagte Sarah.

Er schüttelte den Kopf. „Du tust schon genug."

„Ein paar Stunden auf einem Stuhl zu sitzen und an einer Kasse zu arbeiten, scheint mir nicht genug zu sein."

„Glaube mir, es ist genug. Vor allem, weil du... weil du... " Er fuchtelte mit der Hand in der Luft herum, ohne die Worte aussprechen zu können. Janna zog eine Augenbraue hoch und fügte hinzu, was sie beide nicht zu sagen wagten. „... schwanger bist?"

Soren öffnete den Mund und schloss ihn dann wieder, ohne etwas zu sagen. Seine Augen brannten und füllten sich mit Schmerz.

Gott, da war es wieder. Das Einzige, was zwischen ihnen stand. Der Abgrund.

„Da fällt mir noch etwas ein", sagte Janna fröhlich, die die Spannung in der Luft entweder ignorierte oder wirklich nicht bemerkte. „Dein Termin ist um zehn."

„Termin?", fragten Sarah und Soren gleichzeitig.

„Sicher. Bei der Frauenärztin. Schon vergessen? Jessica hat ihn für dich gemacht."

Sarah stöhnte auf. Sie hatte eine Untersuchung vor sich hergeschoben, weil sie noch nicht bereit war, sich diesen Details der Realität zu stellen, aber Jessica hatte darauf bestanden.

„Oh!" Janna verzog das Gesicht. „Wir müssen dir eine Mitfahrgelegenheit suchen."

„Eine Mitfahrgelegenheit?"

„Eigentlich wollte dich Jessica fahren, aber der Inspektor kommt heute zu einem weiteren Besuch ins Café. Was mich daran erinnert, dass ich anfangen muss zu putzen..." Janna verstummte. „Verdammt! Das bedeutet, ich kann dich auch nicht fahren."

„Kein Problem. Ich nehme ein Taxi." Sarah winkte mit den Händen ab und war bereit, alles zu tun, um das Thema abzuschließen, bevor Soren noch gequälter aussah.

„Sei doch nicht albern. Oh!", verkündete Janna. „Soren kann dich fahren."

Sarah erstarrte. Soren wich zurück.

„Ähm...", murmelten sie beide gleichzeitig.

„Warum nicht? Du hast doch heute frei, Chef." Janna zog eine Augenbraue hoch.

„Simon auch", warf er ein.

„Ha", sagte Janna. „Willst du wirklich, dass er Sarah zu diesem Termin fährt?"

Sarah gelang es irgendwie, ihren Blick vom Teppich zu Sorens Gesicht zu heben, das mit einem Ausdruck verzogen war, der zu sagen schien, *Willst du wirklich, dass* ich *mit ihr dorthin fahre?*

Aber Janna bestand darauf und als Jess herunterkam, beharrte sie ebenfalls.

„Du musst ja nicht mit hineingehen, Soren. Fahre sie einfach, um Himmels willen."

Die Schwestern drängten sie durch die nächste Stunde und um viertel vor zehn direkt ins Auto.

„Wir sehen uns dann später!", rief Janna fröhlich.

„Bis später", sagte Jess winkend.

„Bis später", murmelte Sarah vom Beifahrersitz aus. Sie starrte auf ihre Füße, als Soren wortlos auf die Straße bog.

Kapitel 12

Soren fuhr und dachte über all die verschiedenen Wege nach, wie er Janna bei der nächsten Gelegenheit töten könnte. Er würde erst sie töten, und dann Jessica, und dann an einen Ort in Alaska ziehen, wo er sich dauerhaft in seiner Bärengestalt aufhalten konnte und sich nie wieder mit so einem Scheiß herumschlagen musste.

Sarah zu einem Arzttermin für ein Baby zu fahren, das nicht seins war?

Sein Bär war jedoch plötzlich besorgt. Tief besorgt. So besorgt, dass er am liebsten auf den Krallen kauen wollte.

Arzt? Stimmt etwas mit dem Baby nicht?

Mit dem Baby ist alles in Ordnung, knurrte er.

Wie kannst du dir da so sicher sein?

Ich bin mir sicher, erwiderte er schnippisch.

Aber was ist, wenn? Babys brauchen Ärzte, oder? grübelte der Bär.

Mom ist nicht zum Arzt gegangen. Großmutter ist auch nicht zum Arzt gegangen. Tante Lucille ging nicht zum Arzt.

Der Bär pirschte in seinem mentalen Käfig auf und ab, in den Soren ihn gesperrt hatte. *Aber Sarah ist ein Mensch. Menschen brauchen Ärzte.*

Es geht ihr gut! knurrte er zurück.

Und was ist mit dem Baby?

Dem Baby geht es auch gut, verdammt noch mal!

„Hast du etwas gesagt?", fragte Sarah, die schrecklich still gewesen war.

Er schüttelte den Kopf und schimpfte auf seinen Bären. Aber der Schaden war bereits angerichtet. Jetzt war auch er nervös. Was wäre, wenn es dem Baby nicht gut ging? Sarah war furchtbar dünn gewesen, als sie im Saloon angekommen war. Das konnte für ein sich entwickelndes Baby nicht gut sein. Was, wenn es etwas wirklich Wichtiges gab, das sie jetzt herausfinden mussten?

Er fuhr ein wenig schneller. Und verdammt, direkt vor der Arztpraxis wurde ein Parkplatz frei, so dass er keine Ausrede hatte, sie nicht hineinzubegleiten. Und – doppelt verdammt – er brachte es auch nicht übers Herz, Sarah in einem Wartezimmer voller Fremder allein zu lassen. Also wartete er schließlich mit ihr. Er schaute auf die Uhr. Betete um Erlösung. In Gedanken plante er zwanzig verschiedene Foltermethoden, die er an Victor Whyte und den Blue Bloods-Anführern ausprobieren würde, wenn er endlich die Chance dazu bekäme. Denn sie hatten diesen ganzen Schlamassel ins Rollen gebracht. Sie waren diejenigen, die die Schuld trugen. Herrgott, er sollte eigentlich dort draußen sein und den Feind jagen, anstatt in einem klimatisierten Raum zu sitzen und zu beten, dass jede sture Sekunde verging.

Scheiße, scheiße, scheiße.

Er schaute aus dem Fenster. Musterte die Schnürsenkel seiner Stiefel. Starrte an die Decke und dann auf seinen Handrücken. Himmel, wie sollte er es auch nur weitere fünf Minuten aushalten?

Irgendwie hielt er weitere fünfzehn Minuten durch und wollte sich gerade aus dem Staub machen, als eine Schwester eintrat und Sarahs Namen rief. Als sie Sarah in ein Zimmer und ihn in ein anderes führte, entspannte er sich ein wenig. Er nahm an, sie hätten Erbarmen gezeigt und würden ihn eine Weile in Ruhe lassen.

Aber nein. Eine Sekunde später öffnete sich die Tür und Sarah kam mit einer Urinprobe und der gleichen Schwester wieder herein. Die Frau ignorierte ihn völlig und stellte den Becher auf ein Tablett. Dann maß sie Sarahs Blutdruck und Puls.

„Ähm...", warf er ein und berechnete die Distanz zur Tür mit den Augen. Er konnte jetzt gehen, nicht wahr? Er war schließlich nicht der Vater. Er war auch nicht gerade ein Freund. Er befand sich in diesem Niemandsland dazwischen.

„Die Ärztin wird gleich kommen", sagte die Frau.

Er wollte keine Ärztin. Er wollte nur raus.

Aber es war zu spät, denn schon kam die Ärztin hereingestürmt – eine ältere Dame mit einer unheimlichen Hochsteckfrisur und einem sehr weißen Kittel – und schüttelte allen die Hand.

„Mrs. Boone? Mr. Boone? Hallo."

Boone? Boone war Sarahs Vater, nicht er. Er war ein Voss, um Himmels willen! Aber Sarah sah so einsam und verloren aus, dass er sich räusperte und flüsterte, als die Ärztin sich abwandte.

„Vielleicht sollte ich jetzt gehen."

Für den Bruchteil einer Sekunde huschte abgrundtiefe Angst durch ihre Augen – eine Emotion, die sein zähes, unnachgiebiges Mädchen noch nie gezeigt hatte –, bis sie blinzelte und sie verdrängte.

„Ich komme zurecht. Du kannst gehen." Sie drückte die Schultern auf eine Weise durch, die ihm zeigte, dass es nur aufgesetzt war.

„Ähm, ich kann bleiben, wenn du willst", bot er an – ganz, ganz leise, damit sie es vielleicht nicht hörte.

„Ähm... Das wäre in Ordnung." Die gezwungene Lässigkeit in ihrer Stimme konnte den Hauch von Hoffnung nicht verstecken.

Also scheiße. Sein Schicksal war besiegelt.

Die Ärztin drehte sich wieder zu ihnen um. Dann begannen die Fragen, gefolgt von einer Untersuchung. Es wurde immer schlimmer, bis zu dem Moment, als Sarah sich von der Hüfte abwärts ausziehen und auf einen erhöhten Stuhl klettern musste, der von irgendwelchen Folterinstrumenten umgeben war.

Soren machte sich so klein wie möglich – für einen Bären fast unmöglich – und versuchte wirklich, nicht hinzusehen. Er wollte nicht denken und am besten aufhören, zu existieren. Er versuchte, den Kopf freizubekommen und an irgendetwas anderes zu denken, nur nicht an das hier. Sarah nackt und erregt zu sehen, war die schönste Sache der Welt. Sarah entblößt in einem Untersuchungsraum war... Es war... Nun, es war einfach nur falsch.

„Gehen wir zurück zur Empfängnis", sagte die Ärztin und zog sich ein paar Handschuhe an.

Sarah saugte die Lippen nach innen. Soren knirschte mit den Zähnen.

„Wann, glauben Sie, könnte es gewesen sein?" Die Ärztin fing an, ein Gel auf Sarahs Bauch zu verteilen.

Wann? Irgendwann, als er zweitausend verdammte Kilometer weit weg gewesen war.

„Am dritten Oktober", flüsterte Sarah mit einer traurigen Stimme voller unendlichem Bedauern.

Er riss den Kopf hoch.

Sarah schaute ihm direkt in die Augen und nickte. „Der dritte Oktober."

Sein Geburtstag. Sein verfluchter Geburtstag. Er rollte mit dem Fuß über ein Stromkabel, das auf dem Fliesenboden lag.

„Nun, es ist selten, dass jemand das genaue Datum weiß." Die Ärztin lächelte.

„Es war das einzige Mal", flüsterte Sarah. „Das eine Mal."

Wenn ihn das aufmuntern sollte, tat es das nicht. Sie hatte an seinem Geburtstag mit jemandem geschlafen? Großartig. Genau in der Nacht, in der er von ihr geträumt hatte, war sie mit einem anderen zusammen gewesen.

Gott, die letzten paar Tage waren so reibungslos verlaufen, dass er sich schon gefragt hatte, ob sie sich vielleicht wieder versöhnen würden. Aber jetzt...

Die Ärztin schaute erst Sarah überrascht an, dann ihn. „Dritter Oktober?"

Sehen Sie? hätte er am liebsten gebrüllt. *Ich war es nicht. Ich hätte es sein sollen, aber ich war es nicht.*

„Also gut", murmelte die Ärztin, die sich offensichtlich fragte, was mit ihrem Sexualleben nicht stimmte. Dann zog sie eine penisförmige Apparatur aus ihrem Werkzeugkasten und hielt sie ihm unter die Nase. „Damit wir Ihr Baby besser sehen können."

Nicht mein Baby, wollte er knurren. Aber es fühlte sich falsch an, so etwas auch nur zu denken. Das Baby hatte etwas Besseres verdient. Das Baby hatte es verdient, geliebt zu werden.

Ich liebe das Baby, flüsterte sein Bär.

„Schauen wir uns das genauer an", sagte die Ärztin und schaltete einen Bildschirm ein.

Soren kniff die Augen so fest zusammen, wie er nur konnte. Anschauen? Wie konnte man von einem Mann erwarten, dass er da hinschaute?

„Also, das ist der Kopf... "

Gott, ihm wurde langsam schlecht.

„Die Nieren entwickeln sich gut... "

Nieren? Er wurde blass. Er dachte, es ginge hier darum, zu bestimmen, ob es ein Mädchen oder einen kleinen Jungen gab, mit fünf Fingern oder fünf Zehen, und nicht um eine Anatomiestunde.

„Das ist ein ziemlich großes Baby für dreißig Wochen", fuhr die Ärztin fort. „Und auch große Hände."

Soren betrachtete finster seine eigene Hand. Seine Mutter hatte das immer über ihn gesagt. Es schien ihre Lieblingsbeschäftigung zu sein, zu viele Informationen über ihn als Baby preiszugeben. Sie hatte gelacht und über peinliche Babysachen geplappert. *Mein großes Bärenbaby mit seinen großen Bärenhänden,* hatte seine Mutter immer gesagt.

Ja, hatte er stets gemeckert. Über Simon hatte sie das Gleiche gesagt.

Und Moment mal. Hatte seine Tante nicht auch so etwas über seine Cousins erzählt?

Er setzte sich ein wenig aufrechter hin und versuchte, sich an das letzte Baby zu erinnern, das in ihrem Clan geboren worden war. Es war schon eine ganze Weile her. Er selbst war ungefähr zwölf gewesen und hätte sich nicht weniger dafür interessieren können. Er erinnerte sich nur vage an eine Gruppe aufgeregter Frauen, die sich um eine Babywiege versammelt hatten.

Das ist ein gutes Bärenbaby, hatte eine der älteren Frauen gesagt. *Man kann einen Bären immer erkennen. Großer Körper, große Hände.*

„Oh, was ist das?" Die Ärztin klang besorgt.

Sarah schaute alarmiert auf. „Stimmt etwas nicht?"

„Es ist nichts“, sagte die Ärztin schnell. „Ich habe nur einen Blick auf etwas erhascht, das... “

Soren starrte auf den Monitor. Die Ärztin drehte die Sonde in Sarahs Geschlechtsteilen herum und veränderte die Ansicht. „Ich hole mal meine Brille... “

Er ballte und löste seine Fäuste. Großes Baby, große Hände...

Scheiße. Was, wenn der Vater kein Mensch war? Was, wenn der Vater ein Bär war?

Er schaute Sarah an, die besorgt den Bildschirm musterte. Das Bild sah weder wie ein Mensch noch wie ein Bär aus, sondern eher wie eine Art Alien.

Seine Gedanken überschlugen sich. Sarah hatte doch ganz sicher nicht mit einem der Jungs aus seinem Clan geschlafen? Sein Cousin Todd hatte versprochen, auf Sarah aufzupassen, während Soren weg war. Und Todd hatte nie etwas darüber gesagt, dass Sarah Interesse an einem anderen Bärengestaltwandler gezeigt hätte. Nicht, dass Sarah den Unterschied zwischen einem Gestaltwandler und einem Menschen kennen würde, aber trotzdem.

Die Ärztin schob sich eine Brille auf die Nase und wandte sich wieder dem Bildschirm zu.

Soren hatte keine Ahnung, ob das Baby ein Gestaltwandler war oder nicht. Er wusste auch nicht, ob man Gestaltwandlerbabys auf dem Ultraschall erkennen konnte. Aber er wollte es auf gar keinen Fall auf die harte Tour herausfinden. Er schlang einen Fuß durch das Stromkabel des Monitors und zog es mit einem Ruck aus der Steckdose.

„Oh“, rief die Ärztin, als der Bildschirm schwarz wurde.

„Oh?“ Sarah schaute die Ärztin nun noch besorgter an.

Soren schob das Kabel unauffällig aus dem Blickfeld, während die Ärztin durch den Raum ging und die Lichter an und wieder ausschaltete.

„Wir scheinen keinen Stromausfall zu haben“, murmelte sie.

Gott, Soren hoffte, dass sie in Bezug auf Babys besser war als mit Schaltkreisen.

Zwei weitere Frauen stürmten herein und fingen an, herumzuwirbeln. Und Herrgott noch mal, dort saß die arme Sarah sich selbst überlassen auf diesem verdammten Untersuchungs-stuhl. Besorgt, hilflos und allein. Er griff nach ihrer Hand und hielt ihr ihre Kleidung hin.

„Wir verschwinden von hier.“

„Soren!“, protestierte sie.

„Wir verschwinden von hier.“

„Aber...“

„Wir müssen jetzt gehen.“

„Aber warum?“ Sarah zuckte zurück.

Er knirschte mit den Zähnen. „Wir müssen reden.“

„Reden?“ Sie starrte ihn an. „Jetzt willst du reden?“

∞∞∞∞

Er fuhr aus der Stadt hinaus und in die Berge, während er sich verzweifelt fragte, wie er das Gespräch beginnen sollte, das keiner von ihnen beiden führen wollte. Sein innerer Autopi-lot lenkte ihn zu dem öffentlichen Park, den er normalerweise ansteuerte, wenn er seinen Bären herauslassen musste. Dort parkte er und führte Sarah – die wortkarge, wütende Sarah – hinaus zum ersten von zwei Seen. Das Wasser war blau und ruhig. Der herrliche Himmel Arizonas, die roten Felsen und das Grün der Kiefern der umliegenden Hügel spiegelten sich darauf wider. Es war einer seiner Lieblingsplätze, so still und friedlich. Was allerdings nicht zu helfen schien, denn nachdem er ein paar Minuten lang auf und ab gegangen war, platzte er schließlich damit heraus:

„Wer ist der Vater?“

Sarah kniff die Augen zusammen und verschränkte die Ar-me vor der Brust.

„Sarah, ich muss es wissen.“

Sie riss die Augen auf und sah ihn wütend an. „Warum solltest du es wissen müssen?“

Gott, er wünschte, er könnte einfach die Wahrheit sagen. *Denn wenn das Baby ein Gestaltwandler ist, ändert das alles.*

Wenn das Baby ein Gestaltwandler ist, dann steht uns nichts mehr im Wege, dich für immer bei uns zu behalten. Euch beide, fügte sein Bär atemlos hinzu.

Soren hielt den Mund und wartete.

Ein Vogel sang im Gebüsch und eine leichte Brise flüsterte durch die Bäume. Ein Fisch spritzte an der Oberfläche des Sees und schickte kleine Wellen in immer größeren Kreisen über die schwankende Spiegelung des Himmels. Und aus irgendeinem seltsamen Grund dachte er an das Baby, das gegen seine Hand trat.

Wenn dieses Baby ein Bärengestaltwandler war, musste er sich als Teil seines Clans darum kümmern.

Wenn das Baby ein Mensch war, würde er sich an den ursprünglichen Plan halten, Sarah einen weit entfernten Wohnort zu suchen, wo sie ohne ihn leben konnte. Es wäre sicherer für sie und das Baby, nicht mit Gestaltwandlern zusammen zu sein und die Aufmerksamkeit der Blue Bloods auf sich zu ziehen.

Ich will, dass es ein Gestaltwandler ist, flüsterte sein Bär in ihm.

Ich will auch, dass es ein Gestaltwandler ist, stimmte er ihm zu.

Aber wenn es so war? Verdammt, wie sollte er es ihr jemals erklären?

„Ich erzähle es dir... Wenn du versprichst, zuzuhören", sagte Sarah leise. „Du musst versprechen, dass du dir alles bis zum Ende anhörst."

Er schob sein Kinn nach vorn. Scheiße, er wollte nicht hören, wie sie es mit einem anderen Kerl getrieben hatte.

„Alles", beharrte sie. „Vom Anfang bis zum Ende." Sie winkte mit einer Hand. „Ich meine, warum. Warum es passiert ist."

Er starrte sie an. Was meinte sie denn mit, warum?

„Versprich es mir", beharrte sie.

Sein Herz schmerzte, denn sie hatten noch nie voneinander verlangt, sich etwas zu versprechen. Sie hatten sich gegenseitig immer vertraut. Wann hatte das aufgehört?

Er verstand die Antwort darauf einen Moment später. Es hatte in der Nacht aufgehört, als er ihr gesagt hatte, dass er gehen würde. Der Abend, an dem er sich gezwungen hatte, ihr zu sagen, dass es vorbei war. Und das, obwohl er sie mehr als alles andere auf der Welt gewollt hatte.

Gott, was für ein Schlamassel.

„Ich verspreche es", sagte er mit erstickter Stimme.

Sarah starrte ihn noch eine Minute lang an. Dann begann sie, auf dem Weg am Seeufer auf und ab zu gehen.

„Eine Weile, nachdem du an die Ostküste gefahren bist, kam meine Cousine Ginger zu Besuch. Erinnerst du dich an sie?"

Er runzelte die Stirn und ging neben ihr her. Ja, er erinnerte sich an Ginger. Die mit den schlecht gefärbten Haaren, die ihn sofort angemacht hatte, als Sarah ihr den Rücken zuwandte. Als ob er sich für irgendjemand anderen außer seiner Gefährtin interessieren würde.

„Ginger meinte, ich hätte genug Trübsal geblasen und müsste etwas Spaß haben. Da es dein Geburtstag war und du mich sitzengelassen hattest und du wahrscheinlich mit irgendjemand anderem feiern würdest und... "

Er schaute noch finsterer drein. Er hatte diese Nacht allein im Wald verbracht und sich nach seiner Gefährtin gesehnt.

„... also sollte ich auch etwas Spaß haben. Sie fuhr mit mir nach Lafayette. Wir gingen in diesen Technoclub. "

Er hielt kurz inne. „Ins Dart's?"

Sie nickte.

In seinem Kopf schrillten tausend Alarmglocken. „Mein Gott, Sarah, weißt du nicht, wie vielen Frauen dort etwas in den Drink gekippt wird?"

Sie schaute ihn direkt an, ohne ein Wort zu sagen, und sein Herz wurde schwer. Ihr war etwas ins Getränk gemischt worden, während sie dort war?

„Nein, das wusste ich nicht. Nun, damals wusste ich es nicht", sagte sie verbittert.

Nun, Soren wusste es nur zu gut. Er hatte durch den Freund eines Freundes von dem Ort gehört. Ein Laden, von dem man sich fernhalten sollte, so wie es sich anhörte, wenn Männer Frauen wer weiß was für Drogen unterschoben. Nicht nur die üblichen Vergewaltigungsdrogen, sondern auch Aphrodisiaka wie es in der Gerüchteküche hieß.

„Diese Typen haben uns ständig angemacht und uns Getränke spendiert", begann sie.

Großer Gott! Todd hatte ein Auge auf so etwas haben sollen. Wo zum Teufel war Todd gewesen?

„Sie waren überhaupt nicht mein Typ." Sarah rollte mit den Augen. „Aber anscheinend waren sie Gingers Typ."

„Ginger", fluchte er, weil er nicht anders konnte. Er hatte sie nie gemocht.

Sarah warf ihm einen scharfen Blick zu und sprach mit gedämpfter Stimme weiter. „Ginger war bei mir zu Hause, als es passierte – das Feuer. Sie ist in dem Feuer gestorben."

Soren fuhr sich mit der Hand durch die Haare. Verdammt. Das hätte er Ginger niemals gewünscht. Nicht Ginger, niemandem.

In seinem Kopf tauchte das Bild der schwelenden Überreste des Ladens und der Leichensäcke auf, die herausgetragen wurden. Drei Säcke, was ihn glauben ließ, dass Sarah gestorben war.

„Nun, Ginger ist in dieser Nacht mit einem Typen abgehauen", fuhr Sarah fort. „Die anderen beiden Typen... " Sie sprach so leise, dass er sie kaum verstehen konnte. „Nun, ich weiß auch nicht. Irgendwie habe ich... "

Er ballte die Fäuste, damit seine Bärenkrallen nicht ausbrachen.

„Wie dem auch sei, die ganze Sache war ein Fehler. Ginger ging mit einem dieser Typen weg und dann waren da noch die beiden anderen Typen und ich... ich... "

Soren trat in den Dreck, so dass Kieselsteine herumgeschleudert wurden.

„Gott weiß, was ich getan hätte, wenn Todd nicht aufgetaucht wäre... "

Sein Herz blieb plötzlich stehen. „Todd?" Sein Cousin und bester Freund, Todd?

Im ersten Moment war er überglücklich. Todd hatte ein schreckliches Verbrechen verhindert. Aber dann wurde ihm klar, dass Sarah mit der Geschichte noch nicht fertig war.

„Es war meine Schuld." Sie ging langsam, als wäre sie in einer Trance. „Er sagte, dass wir es nicht tun sollten. Dass wir es nicht tun durften."

Soren krümmte seine Finger und krallte durch die dünne Luft.

„Aber ich habe ihn so sehr bedrängt, dass er es irgendwann auch wollte. Gott, Soren. Ich habe dich so vermisst und ich weiß nicht – der Vollmond, die gespickten Getränke und weil ich dich so vermisst habe… Ich wollte dich in dieser Nacht mehr denn je."

Auch er hatte sie in dieser Nacht begehrt. So sehr, dass er sich einen runtergeholt und so getan hatte, als wäre es ihre Hand. Und eine Zeit lang hatte er sich selbst davon überzeugen können, dass sie es war. Es hatte sich so echt angefühlt, so gut. Bis es vorüber war und er leer und allein zurückblieb.

„Ich hatte die ganze Zeit meine Augen geschlossen", sagte sie kaum hörbar. Er blinzelte sie an. Sie hatte ihn jedes Mal angesehen. Jedes Mal, wenn sie zusammen gewesen waren. Jedes einzelne Mal.

„Ich habe so getan, als wärst du es… Und eine Zeit lang glaubte ich sogar, dass du es warst, der mich berührte. Der mir zugeflüstert hat." Eine Träne lief über ihre Wange. „Und danach konnte ich nur noch weinen, weil es sich so falsch anfühlte."

Sie ging noch ein paar Schritte weiter, aber Soren war wie angewurzelt stehen geblieben, während sich seine Gedanken überschlugen.

Nicht wegen Todd. Nicht wegen gespickter Getränke. Es ging um etwas ganz anderes.

Was war die alte Legende gewesen, von der er vor langer Zeit gehört hatte? Wie nannte man es?

Mondlust, das war es.

„Mond was?" Sarah wirbelte herum.

Ihm war nicht bewusst gewesen, dass er es laut gesagt hatte, aber jetzt steckte er in der Klemme.

„Mondlust. Eine alte Legende." Eine alte *Bärenlegende*, aber diesen Teil ließ er lieber aus. Es passierte Gefährten, wie es hieß. Den engsten, treuesten Schicksalsgefährten. Aber wie sollte er ihr das erklären?

„Welche Legende?", fragte sie irritiert.

„Wenn zwei Personen, die dazu bestimmt sind, zusammen zu sein, genau zur gleichen Zeit und in der gleichen Nacht aneinander denken, und sie... Nun, wenn sie... "

Er sparte sich den Rest des Satzes, denn sie hatte es sicher schon verstanden. Wenn sich Schicksalsgefährten direkt in die Arme des anderen träumten und eine Verbindung herstellten, die den Raum zwischen ihnen überwand.

„Sage mir", sagte er mit trotziger Stimme, „sage mir, was ich in jener Nacht zu dir geflüstert habe."

Sie neigte den Kopf. „Was?"

„Sage mir, was du gehört hast, Sarah." Er sprach jetzt zu laut und seine Stimme hallte über den See. Aber es war wichtig. Gott, alles hing davon ab, was sie als nächstes sagte. Hatte sie in jener Nacht trotz der großen Entfernung wirklich seine Gedanken gehört?

Sarah wandte sich dem See zu, schloss die Augen und stand so lange schweigend da, dass er sich schon sicher war, sie würde nie etwas sagen.

Ich werde dich immer lieben, meine Gefährtin, hatte er in dieser Nacht zu ihr gesagt. In dieser einen Nacht und nur in dieser Nacht, denn er hatte das Wort *Gefährtin* ihr gegenüber noch nie riskiert.

Sie bückte sich, hob einen Stein auf und ließ ihn über den See springen. Die Wolken, die sich in der Oberfläche spiegelten, wurden verstreut und überlagerten sich. Plötzlich sahen sie eher wie ein Sturm als ein friedlicher Nachmittag aus. Es passte zu seiner Stimmung und auch zu Arizona – einem Ort, der sich innerhalb eines Wimpernschlags wandeln konnte.

Langsam kehrten das Blau des Wassers und das Weiß der Wolken wieder an ihren Platz zurück, was bedeutete, dass er nun der Einzige war, der zitterte.

„Ich werde dich immer lieben, meine Gefährtin", flüsterte Sarah. So leise, dass er es fast überhört hätte.

Soren starrte auf ihr Spiegelbild. Gewissermaßen starrte er die Wahrheit an.

Gefährtin, brummte sein Bär verträumt. *Gefährtin.*

Unter dem Einfluss der Mondlust, den Getränken und der Droge, die ihr in dieser Nacht verabreicht worden war, hatte

Sarah schlussendlich mit Todd geschlafen. Es war genauso seine Schuld wie ihre eigene gewesen. Denn wenn er sich halb in einen Rausch gestürzt hatte, weil er sich vorstellte, mit ihr zusammen zu sein, wäre es für Sarah dasselbe gewesen.

Vielleicht ist Schuld nicht das richtige Wort, sagte sein Bär. *Vielleicht war es Schicksal.*

Sarah ließ einen weiteren Stein über die Wasseroberfläche springen und Soren starrte auf das schwankende Spiegelbild der beiden, wie sie Seite an Seite standen. Das Schicksal schien sie wirklich auf einen verworrenen Pfad zu führen – aber zu welchem Zweck? Würde es sie jemals zusammenkommen lassen oder würde es sie für immer trennen?

Kapitel 13

Sarah starrte auf die Wolken, die sich im Spiegelbild des Sees kräuselten, und marschierte los. Sie sah Soren nicht an. Sie *konnte* Soren nicht ansehen. Ihre Sicht verschwamm mit jedem Schritt. Sie versuchte verzweifelt, den Fehlern zu entkommen, die sie gemacht hatte. Doch sie kam nicht weit, bis der Kies neben ihr knirschte und Soren sie sanft bei der Hand nahm.

„Hier drüben", sagte er mit einer Stimme, die so weich und sanft war, dass sie weinen wollte.

Also weinte sie den ganzen Weg hinüber zu der Bank, zu der er sie führte. Sie weinte genug, um einen dritten See neben den beiden schon vorhandenen zu füllen, die so blau und unschuldig unter dem Frühlingshimmel strahlten. Nicht, dass sie zwischen ihren Tränen viel von der Landschaft erkannt hätte. Sie konnte fast nur die Vergangenheit sehen.

Sie weinte und erzählte und erzählte und weinte, denn nun, da der Damm einmal gebrochen war, konnte sie die Flut nicht mehr aufhalten. Sie begann mit dem Zeitpunkt, als Soren zur Ostküste aufgebrochen war. Dann sprach sie weiter bis zu dem Zeitpunkt, als sie vor nicht allzu langer Zeit ins Quarter Moon Café gekommen war.

Und die ganze Zeit über hielt Soren sie fest, streichelte ihr Haar und flüsterte ihr leise ins Ohr.

„Alles wird gut", sagte er wieder und immer wieder. Aber wie konnte nach allem, was passiert war, irgendetwas gut werden?

„Nachdem du abgereist warst, kam Todd öfter vorbei, aber ich schwöre, wir haben nie etwas gemacht außer dieses eine Mal. Wir haben nicht einmal daran gedacht, irgendetwas zu tun. Er fühlte sich deshalb genauso schlecht wie ich. Ich schwöre..."

Sie schüttelte sich, als sie an diese verrückte Nacht dachte. Ihr Körper mochte bei Todd gewesen sein, aber ihr Herz und ihre Gedanken waren bei Soren gewesen. Gott, wie anders wären die Dinge, wenn sie vorsichtiger gewesen wäre.

Aber irgendwie hatte sie alles durcheinandergebracht und die Dinge zu weit getrieben. Nach all den Getränken, die sie konsumiert hatte, und dem, was über sie gekommen war, war sie einfach nicht mehr sie selbst gewesen. Außerdem war Todd Soren so ähnlich – groß, stark. Schweigsam. Irgendwie mysteriös, genau wie alle Leute, die auf Sorens Seite des Berges lebten.

Aber Soren war etwas Besonderes. Er hatte seine eigene Art von Mysterium mit seinem ganz eigenen unergründlichen Charme. Er war jahrelang ihr engster Freund gewesen. Gott, wie hatte sie jemals zugelassen, dass er sie gehen ließ? Aber wenn sie in den letzten Wochen etwas herausgefunden hatte, dann, dass Soren durch irgendetwas gezwungen worden war, mit ihr Schluss zu machen. Wann immer er ihr in die Augen schaute, war es ein Blick voller Liebe, Lachen und Hoffnung. Wenn seine Augen in weite Ferne schweiften, wurde sein Ausdruck bitter und er starrte auf etwas in der Vergangenheit.

Soren hielt sie fest, ohne ein Wort zu sagen, und sie fragte sich schon, wann er wütend davonstapfen würde. Aber er tat es nicht.

„Dann kam diese Nacht... Diese schreckliche Nacht des Feuers... “ Ihr ganzer Körper verspannte sich bei den Erinnerungen. „Ich bin im Bett aufgewacht und habe den Rauch gerochen. Gott sei Dank, habe ich den Rauch gerochen. Aber die Tür war verschlossen und ich kam nicht hinaus. Ich konnte nicht zu meinen Eltern, weil sich das Feuer zu schnell ausbreitete. Überall waren Flammen... “

Sie erinnerte sich so lebhaft daran – das wütende Knacken der Flammen, das dampfende Zischen, das dröhnende Krachen beim Einsturz der Balken –, dass sie sich den Kragen ihres T-Shirts über den Mund zog, genau wie sie es in jener Nacht getan hatte.

Ihre Hände zitterten, als sie sich an die Hitze und an das quälende Gefühl, wie sich die verbrannte Haut von ihren Armen schälte, erinnerte.

„Ich könnte weder meine Eltern noch Ginger befreien. Ich konnte sie nicht aus dem Haus holen", schluchzte sie. „Ich konnte selbst nicht hinausgelangen. Die Tür war verbarrikadiert. Und draußen stand ein Kreis von Männern und ich schwöre, sie haben gesungen... "

Sorens ganzer Körper verspannte sich. „Reinheit. Reinheit." Sein Ton war flach und leise, ganz anders als der dunkle Gesang, den sie gehört hatte. Und doch erschauderte sie, als sie die Worte von Neuem hörte.

„Aber dann kam Todd vorgefahren... "

„Todd?" Zum ersten Mal, seit sie auf der Bank Platz genommen hatten, wurde Sorens Stimme hart. Sie schluckte und erinnerte sich an die Erleichterung, die sie gespürt hatte, als sie Todds Pick-up Truck erkannte. „Ich wollte gerade ein Fenster einschlagen, als er angerannt kam. Er durchbrach den Kreis der Männer und trat die Tür ein."

„Todd", wiederholte Soren jetzt ganz leise.

„Er hat mich gerettet, Soren. Er hat mich gerettet."

Sie kniff die Augen zusammen, als sie sich daran erinnerte, wie Todd sich zur Wehr setzte, während die Brandstifter um sie herum immer näher kamen.

„Er rief mir zu, ich solle zum Wagen rennen. Und er kämpfte gegen die Männer, um mir eine Chance zu geben. Mein Gott, hat er gekämpft."

Soren versteifte sich und wurde totenstill.

„Ich bin zum Auto gerannt und habe versucht, zu ihm zu fahren, aber sie waren bereits auf ihm... " Sie verstummte, als sich die furchtbare Vision in ihrem Kopf erneut abspielte. Wie Todd aus dem Blickfeld geriet. Die Männerbande, die mit Fäusten, Schlagstöcken und Steinen auf ihn einschlug.

„Ich habe ihn dort zurückgelassen", weinte sie. „Ich habe ihn und meine Eltern zurückgelassen, um meine eigene Haut zu retten."

„Sarah, du hattest keine Wahl."

„Ich hätte etwas versuchen sollen."

Sie protestierte weiter, bis Soren sie praktisch schüttelte. „Du hattest keine Wahl. Jess und Janna mussten das Gleiche tun."

Dann war er derjenige, der zusammensackte und zitternd den Kopf zwischen den Händen hielt, während sie ihn fester umarmte, als sie es je zuvor getan hatte.

„Ich hätte dort sein sollen", sagte er. „Ich hätte gegen sie kämpfen können..."

„Dann wärst du auch gestorben. Es waren zu viele. Dutzende." Sie hatte sich sogar eingebildet, Wölfe um die Flammen herumtanzen zu sehen, aber das wollte sie ihm nicht erzählen.

Sie hielt Soren fest und er hielt sie. Sie weinte noch ein wenig länger. Nun, noch viel länger, bis die Tränen versiegten und er ihr über das Haar streichelte.

„Wusste Todd Bescheid? Wusste er von dem Baby?"

Sie hätte noch einen ganzen Liter Tränen darüber vergießen können, aber es waren keine mehr übrig. Sie schüttelte den Kopf und sprach leiser.

„Er wusste es nicht. Ich wusste es noch nicht einmal. Zu diesem Zeitpunkt noch nicht."

Es fühlte sich so ungerecht an. So ungerecht, dass ein Mann, der immer nur gut zu ihr gewesen war – ein Freund, der für sie gestorben war –, nie von seinem eigenen Kind erfahren würde. Ein Kind, das er ebenso wenig geplant hatte wie sie selbst.

Dann schoss ihr ein anderer Gedanke durch den Kopf. Schnell setzte sie sich auf und drückte eine Hand auf ihren Bauch.

„Oh! Das Baby!"

„Was?" Soren griff nach ihrem Arm.

„Die Ärztin... Die Ärztin hat gesehen, dass etwas nicht stimmt."

Er atmete tief aus. „Mit dem Baby ist alles in Ordnung, Sarah."

Wie konnte er das wissen? Wie konnte er sich sicher sein?

„Aber... Aber..."

Er holte tief Luft und griff nach ihren beiden Händen. „Jetzt bin ich an der Reihe, mit dir zu reden."

„Worüber?" Sie kniff die Augen zusammen und fragte sich, was er wohl sagen könnte, um sie zu beruhigen.

Er strich sich mit der Hand durch das Haar und verzauberte sie, als das Sonnenlicht durch das Goldbraun schimmerte. Er beugte sich vor wie ein Mann, der kurz vor einer großen Enthüllung stand, und sie hielt den Atem an.

Aber dann krächzte ein Rabe und sie riss den Kopf herum. Nicht so sehr wegen des Vogels, sondern weil sie sich ihrer Umgebung wieder bewusst wurde. Alles war friedlich und ruhig, aber die Haare in ihrem Nacken standen ihr zu Berge.

„Was?" Soren schaute sich um.

Sie erschauderte. Da war es wieder – dieses Gefühl, beobachtet zu werden. Das Gefühl von sich nähernder Gefahr. Nicht so nah wie zuvor, als sie in den erstmöglichen Bus gestiegen war, um vor einem unsichtbaren Feind zu fliehen. Aber trotzdem waren die Wahnsinnigen, die sie tot sehen wollten, immer noch dort draußen und jagten sie. Oder vielleicht dachten sie auch nur daran, sich auf den Weg zu machen, um sie zu jagen, denn das Gefühl war eine Minute später wieder verflogen.

„Was ist los?", fragte Soren.

Sie stand auf und nahm seine Hand. „Nichts. Wahrscheinlich gar nichts. Aber lass uns nach Hause gehen, in Ordnung?"

Sorens Stirn glättete sich und seine Augen strahlten auf, als sie dies sagte.

„Nach Hause?"

Sie drückte seine Hand. Gott, sie hatten eine Menge zu klären. Aber im Moment…

Sie brachte ein dünnes Lächeln zustande. „Nach Hause."

∞∞∞∞∞

Während der gesamten Rückfahrt zum Saloon hielt sie Sorens Hand und das juckende kribbelnde Gefühl, beobachtet zu werden, verflog allmählich. Vielleicht lag es an Sorens massiger Gestalt an ihrer Seite. Vielleicht war es das Gefühl, nach Hause zu kommen oder von den anderen so ungezwungen begrüßt zu werden, als gehöre sie wirklich dazu. Was auch immer es war, es wärmte ihre Seele, und das unheimliche Gefühl, beobachtet zu werden, war verschwunden.

Kaum waren sie in den Saloon zurückgekehrt, wurde Soren auch schon zu einem Treffen mit Tyler Hawthorne gerufen, dessen Familie den Saloon an die Voss-Brüder verpachtete. Und obwohl es ihr im Herzen wehtat, Soren gehen zu sehen, bot seine Abwesenheit die Gelegenheit, sich erneut mit der Buchhaltung des Saloons zu beschäftigen. Sie verbrachte den ganzen Nachmittag kopfschüttelnd und vor sich hin murmelnd im Büro. Aber sie genoss es auch – mit den Händen über die Armlehne von Sorens Stuhl zu streichen, genau dort, wo seine Arme liegen würden. Sie atmete die schwachen Spuren von Sorens Eichenduft und auch den lederartigen Geruch der Schreibtischunterlage sowie das Holzöl in der Luft ein. Das Büro war vielleicht kein guter Ort für Soren, aber es erinnerte sie an ihn.

Jessica servierte Sarah beim Abendessen doppelte Portionen und Janna brachte sie sogar dazu, eine Runde Billard zu spielen, was mit dem Baby im Weg gar nicht so einfach war. Aber es machte Spaß. Es war ungezwungen. So entspannt, wie sie sich schon seit Langem nicht mehr gefühlt hatte.

Soren war immer noch nicht zurück, also schob sie noch eine Stunde Arbeit hinterher und schwelgte von den Gerüchen des Büros in Erinnerungen. So wie sie es auch zwischen den Laken ihres Bettes tat, als sie schließlich Feierabend machte. In regelmäßigen Abständen blitzten Scheinwerfer vor den Fenstern auf. Sie fragte sich, welche wohl zu Sorens Pick-up Truck gehörten. Ihr Herz klopfte ein wenig schneller, als sie seine schweren Schritte auf der Treppe hörte. Aber er klopfte nicht an ihre Tür. Sie hörte nichts. Nur eine Pause, in der sie sich vorstellen konnte, wie Soren eine Hand hob, um anzuklopfen, dann den Kopf schüttelte und weiterging.

Soren! wollte sie schreien. *Komm zu mir.*

Die Schritte bewegten sich weiter zum Bad und dann zurück in sein Zimmer.

Sie starrte an die Decke und sagte sich, dass sie schlafen solle. Aber sie konnte nicht. Wie bereits in so vielen anderen Nächten der letzten Wochen lag sie einfach nur da und wünschte ihn zu sich. Sie begehrte ihn. Brauchte ihn noch verzweifelter als je zuvor.

Sie strich mit den Händen über ihren Bauch und tat so, als wären es seine. Und obwohl es mit sanften unschuldigen Berührungen begann, wanderten ihre Hände an Stellen, die alles andere als unschuldig waren. Waren es die Schwangerschaftshormone, die sie heute Abend so scharf machten, oder war es ein aufgestautes Bedürfnis, das endlich an die Oberfläche drang.

Wie dem auch sei, sie war wie eine läufige Katze, und sehnte sich nach Erlösung, und zwar bald.

Die Vorhänge flatterten leise in einem Windhauch und sie erhaschte einen Blick auf die Mondsichel, die knapp über den Dächern auf der anderen Straßenseite tief am Himmel hing.

Sie zeichnete die gleiche Form um ihre Brüste nach und dachte darüber nach, was Soren gesagt hatte. Wie hatte er es genannt? Mond... Mond...

Mondlust. Seine Worte hallten in ihrem Kopf wider. *Wenn zwei Personen, die dazu bestimmt sind, zusammen zu sein, genau zur gleichen Zeit und in der gleichen Nacht aneinander denken...*

Sie lächelte, als sie sich daran erinnerte, wie Soren die Worte gesagt hatte. Der Mann von wenigen Worten konnte manchmal ein richtiger Poet sein.

„Mondlust", flüsterte sie laut. Vielleicht sollte sie es irgendwann einmal ausprobieren.

Vielleicht sollte sie es sofort ausprobieren.

Sie ließ ihre Hände über ihre Brüste gleiten und ihre Brustwarzen wurden hart. Gott, was würde sie dafür geben, dass Soren jetzt in ihr Zimmer stürmte. Sie hatte es satt, einsam zu sein. Sie hatte es satt, so zu tun, als würde sie nicht dieselben Funken spüren, die schon immer für Soren in ihr gesprüht hatten.

Funken, die zu einem wütenden Inferno aufloderten, bis sie vor Verlangen brannte.

Sie hatte immer gedacht, dass Selbstbefriedigung nur etwas für Männer sei. Aber verdammt, wenn die Sache mit der Mondlust nicht funktionierte, konnte sie ihr Bedürfnis wenigstens ein wenig befriedigen. Also ließ sie ihre Hände langsam an ihrem Oberkörper hinaufgleiten und massierte ihre Brüste, so wie sie es sich von Soren wünschte. Sie umschlang das weiche, geschmeidige Fleisch und kreiste mal in die eine Richtung, mal in die andere. Sie schloss die Augen und warf den Kopf zurück, während sie sich vorstellte, dass er es war.

Ja, es fühlte sich gut an. Sie reizte sich selbst so, wie er es tun würde, zog ihre Hände weg und ließ sie dann wieder zurückschleichen. Ihr Körper wurde heißer und heißer. Ihr Verlangen wurde immer wilder, bis sie im Takt der Bewegungen ihrer Hände mit der Hüfte zuckte. Sie kniff in eine Brustwarze und zwirbelte ihre Finger darum, so dass sie sich verhärtete und aufrichtete. Es war wie ein Schalter, den sie umlegte, und ihre Beine tanzten unter der Decke, als würden sie sich um die seinen schlingen.

Soren. Soren.

„Soren" rief sie ihm in Gedanken und im Flüsterton zu, während sie sich die ganze Zeit über selbst berührte. Sie schloss die Augen und stellte sich vor, wie er über sie glitt. Er würde seine Hand zwischen ihre Knie schieben, an der Innenseite nach oben rutschen...

„Soren", stöhnte sie und brannte vor Vorfreude. Vorfreude und Frustration, weil es nur eine Illusion war.

Sie stellte sich ein Klopfen an der Tür vor. Stellte sich vor, dass sie sich öffnete und Soren dort stand. Dass er sie beobachtete, während sie sich selbst berührte. Würde es ihm gefallen? Oder würde er glucksen und ihr sagen, dass sie es falsch machte?

Der Deckenventilator drehte sich langsam und sie stellte sich vor, wie er den Raum betrat. Er würde um die Matratze herum zuerst zum Fenster gehen. Nach einem kurzen Blick hinaus würde er es weiter öffnen und die Vorhänge zurückwerfen, so dass der Mond nicht nur um die Ecke lugte, sondern direkt ins Zimmer schien.

Ihre Augen waren geschlossen, aber sie neigte den Kopf zum Fenster und stellte sich vor, dass Soren dort stand. Er hätte die Fäuste an seinen Seiten geballt, während er ihr zusah. Seine Erektion würde steifer und größer werden, während er sie beobachtete. Sie stellte sich vor, wie er sie mit seinem langen dicken Schwanz füllte. Wie er mit zunehmender Reibung in sie hinein und wieder herausglitt. Es würde sich immer weiter steigern, bis er mit langen harten Stößen in sie eindrang und ihr den Rausch verschaffte, nach dem sie sich sehnte. Es würde sie höher und höher tragen, bis sie zwischen den Sternen schwebte, und dann–

„Sarah", flüsterte Soren, als die Tür sich zwei Schritte entfernt quietschend öffnete.

Sie blieb ganz regungslos und fragte sich, was er wohl tun würde.

„Sarah", wiederholte Soren mit einer vor Verlangen heiseren Stimme.

Sie drehte ihren Kopf zur Tür und dort stand er. Nicht im Gegenlicht des Mondes, aber mit den gleichen geballten Fäusten und derselben hervorstehenden Erektion, die sie sich vorgestellt hatte. Das gleiche Verlangen schwang in seiner Stimme mit.

Sie streckte die Hand nach ihm aus und fragte sich, ob es eine Illusion war, die schwanken und verschwinden könnte.

„Komm zu mir, mein Liebster", flüsterte sie ins Halbdunkel. „Komm zu mir."

Kapitel 14

Soren versuchte, seinen Atem ruhig zu halten, aber in dem Moment, als sie die Worte aussprach, machte sein Herz einen Sprung.

Komm zu mir, mein Liebster.

Gefährtin, rief sein Bär ihr zu. *Meine Gefährtin.*

Sein Körper rief nach ihr, so wie sie nach ihm rief, und er schaltete sein Gehirn aus. Verdammt, er hatte es schon vor einer Weile ausgeschaltet, als er nackt im Bett gelegen hatte, sich hin und her wälzte und an sie gedacht hatte. Nicht an das Baby, nicht an die Neuigkeiten, die Tyler Hawthorne mit ihm geteilt hatte, nicht an den Saloon.

An sie. Alles hatte aufgehört, zu existieren, außer ihr. Was blieb, war das brennende Bedürfnis. Es half nicht, seine Hände um seinen pulsierenden Schwanz zu schlingen. Er brauchte sie.

Es war wie in all den anderen Nächten, in denen er von Sarah geträumt hatte – nur mit einem zehnfach gesteigerten Bedürfnis. Er konnte sie in sein Ohr flüstern hören und sich vorstellen, wie sie sich selbst berührte.

Sie brauchte ihn auch. Er konnte ihr verzweifeltes Verlangen spüren.

Sie ist gleich nebenan, hatte sein Bär gedrängt. *Im Nebenzimmer. Nicht in deinen Träumen. Nicht im Himmel. Sie ist direkt dort.*

Sarah war nur ein paar Schritte entfernt, berührte sich selbst und wünschte, er wäre da. Er konnte es fühlen. Es sehen. Spüren, als wären es seine Hände, die ihr nacktes Fleisch erforschten. Was zum Teufel machte er dann also immer noch ganz allein in seinem Zimmer?

Er wusste nicht, wie er in seiner Eile, zu ihrer Tür zu gelangen, nicht über seine eigenen Füße gestolpert war, aber nun stand er da. Und was noch wichtiger war, sie lag da und winkte ihn zu sich.

„Soren", flüsterte sie erneut. „Komm zu mir, mein Liebster."

Sie liebte ihn! Sie begehrte ihn!

Das hat sie immer getan, tadelte sein Bär. *Genau wie wir sie lieben.*

Jeder Muskel in seinem Körper zuckte sehnsüchtig nach ihr, aber als er in ihr Zimmer trat und die Tür schloss, ging er zuerst zum Fenster. Sein Instinkt führte ihn dorthin, um die kühle Nachtluft und ein wenig Mondlicht hereinzulassen. Er beugte sich nicht vor, um nachzusehen, aber er wusste, dass die Sterne des Großen Bären auch dort draußen waren und ihn anstrahlten.

Er schob die Vorhänge zurück und schaute Sarah eine lange Minute an, während er seine Hände zu Fäusten ballte. Er sehnte sich danach, sie zu berühren, sie zu küssen, sie auszufüllen, aber er musste auch zusehen.

„Sarah", flüsterte er quer durch den Raum, weil er es konnte. Weil sie wirklich da war.

„Soren", hauchte sie. Die Bettdecke war zerwühlt und er konnte sehen, wie ihr Knie auf der einen Seite aufragte und eine nackte Brust auf der anderen Seite herausschaute.

Gott, er könnte diesen Anblick ewig bewundern.

Sie strich sich mit der Hand über ihre Brust und er beobachtete, wie sich ihre harte Brustwarze aufrichtete. Er konnte sie praktisch zwischen seinen Lippen schmecken und die winzigen Erhebungen um sie herum auf seiner Zunge spüren.

Sarah fing an, ihre Brust zu umkreisen, als er seine Hand um seinen Schwanz schloss. Sie starrten sich beide atemlos an.

„Das ist verrückt", murmelte sie.

„Verrückt?" Ja, er war verrückt gewesen, sie jemals gehen zu lassen. Aber sie so zu sehen, fühlte sich genau richtig an.

„All die Zeit, die wir getrennt waren, und was machen wir jetzt, da wir endlich wieder zusammen sind?"

Seine Gedanken überschlugen sich und er wiederholte ihre Worte und fügte in der darauffolgenden Pause tausend Echos hinzu. *Jetzt, da wir endlich wieder zusammen sind...*

„Was?" Er schluckte.

„Wir schauen uns nur an." Sie schüttelte den Kopf.

„Ich schaue dir gern zu."

„Ich schaue dir auch gern zu. Aber ich mag es noch mehr, dich zu spüren."

Seine Brust hob sich mit einem gewaltigen Atemzug, den er zusammen mit ihren Worten genoss. Die Luft im Raum war dick vom Duft ihres Verlangens.

„Ich kann dich spüren", beharrte er.

Sie neigte den Kopf.

„Schließ die Augen." Er sah den Protest auf ihrer Zungenspitze und beeilte sich hinzuzufügen: „Nur eine Sekunde, schließe deine Augen."

Er vergewisserte sich, dass sie es getan hatte, und ließ dann seine eigenen Augenlider sinken. „Jetzt fühle", flüsterte er.

Er streckte seinen Geist nach ihrem aus, um anzuklopfen, und wiederholte in Gedanken ihre Bewegungen. Wie sich ihre Finger öffneten und schlossen und sich um ihre Brust schmiegten...

„Soren..."

„Psst. Spüre es einfach."

Er stellte sich vor, dass es ihre Hand war, die seinen Schwanz umschloss und seine Finger, die über ihre Brust spielten. So weich, so perfekt. Er berührte die eine, dann die andere und senkte den Kopf, um sie zu küssen. Auch um zu lecken. Er stellte sich vor, wie der Mond auf ihre Haut schien, und es fühlte sich so echt an, so unglaublich gut...

Mondlust, sein Bär nickte verträumt.

„Soren...", rief Sarah, aber dieses Mal war es kein Protest. Es war ein Stöhnen. „Das ist so schön..."

Als er seine Lippen fester um ihre Brustwarze schloss und gleichzeitig in die andere Seite zwickte, konnte er spüren, wie sie sich ihm entgegenkrümmte. Gleichzeitig schloss sie ihre Hand fester um seinen Schwanz. Die Grenzen verschwammen, bis es keine Rolle mehr spielte, wer wen berührte, denn er konnte sich selbst und gleichzeitig sie spüren. Er konnte ihre Lust und ihr sich steigerndes Bedürfnis fühlen.

Sie fuhr bis zum Ansatz seines Schwanzes hinunter, glitt dann nach oben und spielte mit der samtigen Spitze, was ihn auf die allerbeste Weise verrückt machte.

„Soren", rief sie, als er seine Hand zu ihrem Geschlecht gleiten ließ. Eigentlich war es ihre Hand, aber sie fühlte sich wie seine an.

Berühre sie! rief sein Bär gerade laut genug, um ihn aus seinem Bann zu reißen. *Nimm sie!*

Sie rissen im gleichen Moment die Augen auf und starrten sich fünf oder sechs Herzschläge lang keuchend an.

„Wow", hauchte sie.

Er nickte. Es war so real gewesen.

„Mondlust", flüsterte er.

„Mondlust." Sie schaute ihn noch ein wenig länger an und streckte dann ihre Hand aus. „Aber jetzt brauche ich dich. In echt. Nicht nur in meiner Fantasie."

Ein leiser Halleluja-Chor füllte die Ecken seines Geistes.

Sie hielt den Rand ihrer Bettdecke hoch und zwei Schritte später rutschte er an seinen Platz, als hätten sie genau diese Bewegung schon tausendmal choreografiert. Und natürlich hatten sie dies in der Vergangenheit getan, aber es war nicht ganz dasselbe. Dieses Mal musste ein Baby umgangen werden, aber irgendwie wusste er genau, wo und wie er passte. Ein Arm hier, ein Bein dort neben ihrem und sein Mund...

In dem Augenblick, in dem sich ihre Lippen auf seinen schlossen, verschlang er sie. Verzehrte sie. Er drängte tiefer und tiefer, bis sie vor Lust wimmerte. All das Verlangen, das sich in dem Jahr der Enthaltsamkeit und des Kummers aufgestaut hatte, strömte heraus – seines und ihres, wie zwei Wellen, die krachend aufeinandertrafen. Er schnappte nach Luft und plötzlich war sie es, die ihn auf die Matratze drückte und ihn mit hundert hungrigen Küssen und Lecken verschlang. Ihre Zunge tanzte mit seiner und sie gab sehnsüchtige kleine Geräusche von sich, die seinen Bären ganz wild machten. So wild, dass er sich aufbäumte und herumwälzte und sich wieder über ihr erhob.

Ich mag es, dich zu spüren, hatte sie gesagt.

Und wie er sie ihn spüren lassen würde. Er küsste sie weiter, bis seine Lunge brannte. Nach einem kurzen Atemzug glitt er an ihrem Körper hinunter zu ihren Brüsten. Die linke Seite. Gott, die rechte Seite. Beide so, so gut. Weich und geschmeidig und doch hart in der Mitte, wo ihre Brustwarzen praktisch um seinen Mund bettelten. Er saugte an einer – viel härter und länger als in ihrer gemeinsamen Vision – und Sarah bäumte sich unter ihm auf. Ihre Hände waren überall und entfachten an all den Stellen, an denen sie ihn berührten, eigene kleine Feuer – Feuer, die sich ausbreiteten und ineinander verschmolzen, bis sein Bär noch lauter brüllte.

Gefährtin! brüllte sein Bär wild. *Meine!*

„Ja… ahh… "

Gott, er liebte die Geräusche, die sie machte.

Er ergötzte sich an ihrem Geschmack, ihrem Duft und ihrer weichen Haut. Wie zum Teufel hatte er nur so lange ohne sie überlebt? Und warum hatte er je geglaubt, dass er es könnte?

Als er seine Hand tiefer gleiten ließ, um ihre Schamlippen zu ertasten, explodierten seine Ohren fast vom Rauschen des Blutes in seinen Adern. Oder vielleicht war es Mondlust, die ihn das Rauschen in ihren Adern spüren ließ.

Er schob seine Finger tiefer, bis sie sich aufbäumte und stöhnte.

Er sagte nicht viel, weil er nicht viel sagen *konnte*. Er dachte die Worte nur wieder und immer wieder.

Ich liebe dich. Ich liebe dich. Ich liebe dich.

Will dich zu der Meinen machen, fügte sein Bär mit knurrendem Unterton hinzu. *Dich zu der Meinen machen.*

Sein Zahnfleisch schmerzte an den Stellen, wo seine Bärenzähne durchdringen wollten. Sie waren bereit für einen Paarungsbiss. Er hatte diesen Drang schon tausendmal abgewehrt, aber dieses Mal fiel es ihm schwerer als je zuvor. Dieses Mal wusste er, was er riskierte. Er wusste, dass es verrückt war, anzunehmen, dass er noch eine Chance bekommen würde. Wenn er sie jetzt nicht ergriff…

Aber wenn er sie jetzt beißen würde, würde er das Vertrauen missbrauchen, dass er gerade erst zurückgewonnen hatte. Sarah wusste nichts von Gestaltwandlern. Sie wusste nichts über Paarungsbisse.

Sie würde es wollen! jaulte sein Bär. *Sie wäre einverstanden!*

Er hätte schnauben können. Als ob ein Bär darüber urteilen könnte. Als ob er in dem Zustand war, dies einzuschätzen.

Nein. Heute Nacht ging es nicht darum, sich zu verpaaren oder Dinge zu gestehen oder zu erklären. Es ging darum, sich wiederzuvereinigen. Ihren Körper neu zu entdecken. Zu versuchen, Dinge wiedergutzumachen. Sie vor Lust singen zu lassen.

„Soren", summte sie, als er sie tiefer berührte.

Das war das Lied. Das war es, was er hören wollte.

Er fuhr mit zwei Fingern durch ihre Schamlippen und tauchte dann ein.

„Gott, Soren…"

Sie tanzte auf seiner Hand und unter seinem Mund. Mit den Fingern fuhr sie durch sein Haar. Die Hüfte streckte sie vom Bett hoch.

„So gut…"

Es war mehr als gut. Es war der Himmel. All diese Monate war er nur ein Geist gewesen. Jetzt war er lebendig. Glücklich, freudig lebendig, weil er seine Gefährtin hatte.

Ihre Brust hob sich, als sie den Kopf zurückwarf und aufschrie. Sie war so, so nah dran, hielt sich jedoch gleichzeitig hartnäckig zurück. Jeder Muskel in ihrem Körper war unglaublich angespannt.

Sie kratzte mit den Fingernägeln über seine Schultern, als sie in eine neue Position rutschte.

„Soren", keuchte sie. „Ich brauche dich in mir. Bitte, Soren." Sie drehte und wälzte sich herum.

Auch er drehte sich in einem weiteren dieser perfekten Momente, in denen es sich anfühlte, als würden sie wie ein paar Marionetten an Fäden von einer fremden Hand gelenkt. Sie erhob sich und setzte sich auf ihn, während er sich auf dem Rücken ausstreckte. Mit gespreizten Beinen blickte sie mit wilden hungrigen Augen auf ihn herab.

Sie öffnete den Mund, ohne dass sie die Worte murmelte, als sie an seinem Körper entlang rutschte. Er führte ihre Hüfte höher und biss die Zähne zusammen, als die schmerzende Sehnsucht in seinem Schwanz immer stärker wurde. Er war so kurz davor, in sie einzudringen. So kurz vor seinem Ziel.

Sie glitt genau im gleichen Moment hinunter, als er nach oben stieß und für einen Moment erstarrten sie beide mitten in der Luft. Sarahs Gesicht verzog sich vor Ekstase und sie öffnete den Mund zu einem stummen *Oh*.

Süß, eng und heiß verschlang sie ihn mit ihrem Körper. Sie warf den Kopf zurück. Mit langen, langsamen Bewegungen ihrer Hüfte ritt sie ihn. Ihre Augen waren halb geschlossen, ihr Mund geöffnet und die Laute, die ihr entwichen, waren Musik in seinen Ohren.

„Ja... "

Sie bewegte sich schneller und nahm ihn tiefer in sich auf. Sie lehnte sich weiter zurück. Und dann noch ein Stück, bis der Winkel perfekt war, und sein Schwanz sündhaft tief in sie stieß.

Ihr Haar umspielte ihre Schultern und ihre perfekten Brüste wippten direkt über seinen Augen. Der Babybauch ruhte auf seinem Unterleib und war ganz und gar nicht das Problem, das er erwartet hatte. Er grub seine Finger in ihre Hüfte und streckte seine Daumen so weit wie möglich in die Mitte, bis er erst mit dem einen und dann mit dem anderen über ihre Klitoris streicheln konnte.

Sarah stöhnte mit jedem Atemzug, den sie nahm.

„So gut... ", krächzte sie und presste ihren ganzen Körper gegen seinen.

Sein Schwanz brannte. Sehnte sich nach ihr. Flehte, aber er würde ganz sicher nicht kommen, bevor sie es tat. Und verdammt, es würde knapp werden. Er stieß härter zu und bewegte die Daumen schneller in überstürzten, letzten Zügen. Sie taumelten am Rand des Abgrunds, bis Sarah erschauderte und stöhnte.

Er schloss die Augen, als die Erlösung ihn wie ein weißer Blitz traf. Einen Moment lang loderte die Lust in ihm auf. Sie brannte auch in ihr und er hätte schwören können, dass er dies genauso intensiv spüren konnte. Wie gut sie sich fühlte. Wie tief er in ihr war, fast wie ein Teil von ihr.

Als sie sich neben ihn fallenließ und von angespannt zu wunderschön locker wurde, umhüllte ihn eine flauschige Decke der Glückseligkeit.

„Soren", keuchte sie an der Haut seines Halses. „Soren... "

Meine, murmelte er und schlang seine Arme um sie, um sie festzuhalten. *Meine.*

Kapitel 15

Sarah versank regelrecht zwischen den Laken und versuchte, wieder zu Atem zu kommen. Es war ihr egal, dass es ihr nicht gelang. Das Einzige, was wirklich zählte, war die Nähe zu Soren. Wärme durchflutete sie und ein verrückter kleiner Restenergiestoß schoss durch ihren Körper und entzündete ihre Nerven.

Es war so lange her, seit sie ihn berührt hatte. Es war so lange her, seit sie sich so gut und sicher gefühlt hatte.

Sie wollte gerade etwas sagen, als ihr Körper von einem Nachbeben purer Lust erschüttert wurde.

„Ja... “, stöhnte sie, als Soren sie noch fester hielt. Mein Gott, der Mann steckte nicht einmal mehr in ihr drin und er konnte sie immer noch berauscht fühlen lassen. „Oh... “

Es war wieder einer dieser Momente, in denen sie so vieles sagen wollte, aber nichts hervorbrachte. Doch Soren schien sie zu verstehen. Der ruhige, stille Soren, der mehr zuhörte, als selbst zu reden. Als er sich näher an sie schmiegte und mit einem Finger über ihre Lippen strich, strahlten seine unglaublich klaren blauen Augen heller als je zuvor.

„Was gibt's denn zu sehen?“ Sie starrte ihn mit dem albernsten Lächeln der Welt an.

Er verzog die Lippen zu einem seltenen Soren-Grinsen. Es war mehr als nur hochgezogene Mundwinkel – es waren gestraffte Wangen und leuchtende Augen und eine Art diffuses inneres Glühen.

„Dich“, sagte er leise. „Dich. “

Dann senkte er den Kopf und schmiegte sich an sie, wobei er sie tief in die Matratze drückte, und mit seinen Bartstoppeln über ihren Hals, ihre Wangen und ihr Kinn strich. Er rieb über eine empfindliche Stelle nach der anderen und jeder Teil von ihr, der in den letzten Monaten Freude und Hoffnung vergessen hatte, erwachte plötzlich wieder zum Leben. Ihre Haut flehte um Gnade, aber ihre Seele wollte mehr. Mehr von dem engen Kontakt und der Intimität. Mehr *Ich liebe dich, ich brauche dich, ich will dich,* was er mit jedem langen Reiben seines Kinns zum Ausdruck brachte. Worte, die sie sogar in ihrem Kopf zu hören glaubte.

Ich liebe dich auch, hätte sie fast erwidert. *Brauche dich, will dich auch.*

Sie lagen da und starrten einander in die Augen. Sie wusste nicht, ob sie die Zeit in Minuten oder Stunden messen sollte. Wann immer seine Augen über ihren nackten Körper wanderten, schienen sie nun nicht mehr an ihrem hervorstehenden Bauch hängenzubleiben.

Aber als das Baby sich bewegte, geriet sie fast in Panik, denn er riss die Augen weit auf.

Gott, es war so weit. Der magische Zauber – die Mondlust –, die ihn an sie gebunden hatte, drohte zu zerplatzen. Sie machte sich darauf gefasst, dass er die Stirn runzeln und sich von ihr abwenden würde.

Aber Soren runzelte die Stirn nicht. Er wandte sich auch nicht von ihr ab. Er schaute sie nur mit einer Frage in den Augen an und ließ die Hand über das Laken und näher zu ihrem Bauch gleiten. Sie hielt den Atem an.

Darf ich mal anfassen? fragten seine hochgezogenen Augenbrauen.

Eine komische Frage von einem Mann, der gerade jeden Teil ihres Körpers auf die intimste Weise berührt hatte. Aber ja, dies war etwas anderes. Ganz anders, so wie das Öffnen eines Tagebuchs anders war als das Öffnen eines Notizbuchs. Sie biss sich auf die Lippe, schob ihre Finger in seine und legte alle vier Hände auf ihren Bauch.

Das Baby drehte sich noch ein wenig weiter und Sorens Mund klappte auf. Er drückte seine Hand flach auf ihre Haut und der Atemzug, den er angehalten hatte, kam in einem langen gleichmäßigen Seufzer heraus. Er beobachtete sie noch eine Minute lang aufmerksam und strich dann mit dem Daumen über ihre Haut.

Hätte Sarah an diesem Tag nicht schon so viel geweint, hätte sie ihre Tränen vielleicht nicht zurückgeblinzelt. Aber auch wenn es Tränen der Freude und Erleichterung waren, hatte sie für einen Tag genug davon vergossen. Eigentlich für ein ganzes Leben.

„Hey", flüsterte sie.

Er blickte mit leuchtenden Augen auf. „Hey."

Nicht gerade Poesie, aber wenn es zu Soren kam...

Sie lächelte und zog an seinen Schultern, um ihn zu einem weiteren Kuss zu sich zu locken. Seine Lippen waren an der äußeren Kante trocken und innen ganz weich. Sie strich mit ihrer Zunge über die perfekte Linie seiner Zähne und verdammt, sie stieß schon wieder gierige Katzengeräusche aus.

Dann drückte sie ihre Hüfte an seine und schlang ein Bein um seine Wade.

„Mmm", murmelte er, als wollte er fragen, *Schon wieder Lust?*

Natürlich hatte sie schon wieder Lust auf ihn. Sie mussten verdammt viel verlorene Zeit aufholen.

„Mmm." Sie nickte während des nächsten Kusses.

Sie lagen nebeneinander und ein schockierend berechnender Teil ihres Gehirns dachte über ihre Optionen nach. Sie war eben oben gewesen und es hatte ihr den Atem verschlagen, weil sie wusste, dass Soren nur selten die Kontrolle über irgendetwas an jemanden abgab. Aber ihr lustvoller Heißhunger, der sich in ihr anstaute, verlangte nach etwas Heißerem. Etwas Härterem.

„So rum", flüsterte sie und wandte ihm den Rücken zu.

Soren holte tief Luft, als hätte er genau auf diese Chance gewartet. Er zog sie fester an sich und drückte seine Brust an ihren Rücken. Sie lagen immer noch auf der Seite, jetzt beide mit dem Gesicht zum Fenster.

Sein Atem kitzelte ihr Ohr und er schlang einen Arm um ihre Seite. Er hauchte Küsse auf ihre Schulter und streichelte über ihre Rippen und dann an der Unterseite ihrer Brust entlang.

„Mmm. Schön." Sie atmete aus und stemmte sich ihm entgegen.

„Schön." Er reizte ihre Brustwarzen zu festen Spitzen.

„Sehr schön", murmelte sie und drückte ihren Hintern an seine Leiste zurück.

Seine harte Länge stieß gegen ihr Steißbein und ihr Körper schrie förmlich nach Befriedigung.

Sobald Soren jedoch die Zügel in die Hand nahm, gehörte der Ritt ganz ihm, und er war noch nicht bereit, sie davongaloppieren zu lassen.

„Geduld", knurrte er in ihr Ohr. Seine Hand glitt tiefer und drückte sanft ihre Beine auseinander.

„Geduld?", keuchte sie, als er über ihre Schamlippen spielte.

Ein *Warte es ab*-Grunzen tönte hinter ihrer Schulter, als er ihren Eingang erst umkreiste und dann mit der flachen Handfläche rieb. Es machte sie wild.

Sie stöhnte und er küsste ihre Schulter und sagte ihr damit, wie sehr er es mochte. Also tat sie es noch einmal. Nicht laut genug, um die ganze Nachbarschaft zu alarmieren, aber ausreichend, um ihn wissen zu lassen, wie sie fühlte.

„Gott, Soren. Wie soll ich denn geduldig sein, wenn du – Oh!", schrie sie auf, als er zwei seiner dicken Finger in sie schob.

Sie konnte nicht anders, als sich gegen seine Hand zu stemmen, und genoss das Gefühl seiner Erregung an ihrem Körper. Sie warf den Kopf zurück und sehnte sich nach seinen knabbernden Küssen.

„Gott, Soren...", wimmerte sie immer wieder und war kurz davor, den Verstand zu verlieren. Auch er war gar nicht weit entfernt, der Anspannung hinter ihr nach zu urteilen. Als er ihr schließlich ins Ohr flüsterte, gehorchte sie ihm nur allzu gern.

„So..." Er half ihr auf alle viere.

Ja, ja, ja! schrie ihr Körper, als er sich hinter ihr positionierte. Mit einer seiner schwieligen Hände spielte er mit ihren schwingenden Brüsten. Dann zog er ihre Hüfte gegen seine zurück. Und als er nach vorn stieß...

„Ja!", stöhnte sie.

Er entzog sich ihr, stieß erneut zu und ihr ganzer Körper kippte nach vorn.

„Zu hart?", fragte er durch zusammengebissene Zähne.

Sie keuchte und stemmte sich ihm wieder entgegen. „Ich will hart."

Er zog sich so weit zurück, dass er fast ganz herausgerutscht wäre, bevor er wieder in sie stieß.

„Härter", hauchte sie und ließ den Kopf sinken.

Er entzog sich ihr, wartete gerade lange genug, um sie zu quälen, und stieß dann mit einem Grunzen wieder zu.

„Härter...", stöhnte sie.

Je tiefer er eindrang, desto mehr verlangte sie nach ihm, und ihr Stöhnen wurde immer verzweifelter. Er trieb sie höher und weiter. Auch körperlich nach oben, in dem er sie in heißen Schüben die Matratze hinaufschob, was sie vor Verlangen ganz verrückt machte.

„So gut..."

Sie stützte sich mit den Ellbogen auf dem Bett ab und stemmte sich ihm entgegen, wobei sie jeden Stoß erwiderte, bis sie beide keuchten, stöhnten und sich gegenseitig antrieben.

Er packte die linke Seite ihrer Hüfte, um ihr zu helfen, zurückzustoßen, und sie kniff die Augen zu, als sich die wunderbare Reibung verstärkte.

„Ja... ja..."

Sie stöhnte durch vier weitere Stöße und den langen, erschütternden Rausch, der sie beide eine Sekunde später überkam.

„Ja." Selbst Soren erlag dem Bedürfnis, auf dem Höhepunkt des Rittes zu stöhnen. Er zog sie fest an seinen Körper, als er in ihr kam.

„So gut", flüsterte sie eine Sekunde später.

Mit dem Arsch in der Luft in ein Kissen zu lächeln, sollte nicht als das glorreichste Hochgefühl ihres Lebens gelten, aber sie war sich ziemlich sicher, dass es das war. Sie hatten in der Vergangenheit schon oft Sex gehabt, aber das hier war anders. Es war wild und ein wenig grob. Besitzergreifend, und obwohl sie es nur ungern zugab, brauchte sie genau das. Gott, wie sehr sie es brauchte.

„Sarah", flüsterte er auf eine Weise, die vermuten ließ, dass er immer noch nicht glauben konnte, dass sie wirklich da war.

Sie erschlaffte erneut und konnte nur nach oben rutschen und sich mit einer Ecke des Lakens abwischen – eine Sauerei, für die sie sich später schuldig fühlen würde. Im Moment wollte sie nur Soren.

Er zog sie gegen die Krümmung seiner Brust und sie lagen wieder so da, wie sie angefangen hatten. Ihre Hände hielten sie ineinander verschlungen und ihre Oberkörper hoben und senkten sich in perfektem Takt mit jedem Atemzug.

Sie starrte wie benebelt durch den schummrigen Raum. Die Mondsichel stand jetzt höher. Sie warf einen Lichtstreifen durch die obere Ecke des Fensters, der sie anlächelte.

„Gute Nacht", flüsterte sie mehr zum Mond als zu Soren.

„Gute Nacht", erwiderte er und küsste ihre Haut.

Kapitel 16

Zwei Tage vergingen und in dieser Zeit stürzte Soren von seinem Höhenflug zu einem absoluten Tiefpunkt.

„Du musst es ihr wirklich sagen", mahnte Janna, als sie alles vorbereiteten, um den Saloon zu öffnen.

Es war einer dieser warmen Frühlingsnachmittage im hoch gelegenen Arizona, wo einem der Schatten gerade recht kam und ein kaltes Getränk sogar noch besser erschien. Warm, ohne übermäßig heiß zu sein; trocken, ohne auf der Haut zu schmerzen. In gewisser Weise friedlich, denn die Stadt wurde ruhig, so wie Fliegen langsamer wurden, wenn sie zu viel Sonne abbekamen.

„Komm schon, Soren. Wann wirst du es ihr sagen?"

Er knallte eine Kiste Bier auf den Boden. Je länger er wartete, desto schwieriger würde es werden, es Sarah zu erzählen. Und desto unehrlicher würde er sich ihr gegenüber fühlen. Aber Gott, wie sagte man einer Frau, dass ihr ungeborenes Baby ein Bärengestaltwandler war? Wie?

Er konnte es schon vor sich sehen.

Sarah, dein Baby ist ein Gestaltwandler.

Ein was?

Ein Bärengestaltwandler. Aber es wird wirklich süß sein, ich verspreche es.

Er fluchte vor sich hin. Er würde erklären müssen, dass auch er ein Bär war.

Oh, und übrigens, alle anderen in der Wohnung sind auch Gestaltwandler. Du warst die ganze Zeit von Bären und Wölfen umgeben. Es tut mir leid, dass ich es dir nicht früher gesagt habe.

Er stieß einen langen Atemzug aus.

„Das wird nicht helfen", murmelte Simon im Vorbeigehen.

Nein, das würde es nicht, aber was zum Teufel sollte er denn sagen? Und wann? Wie?

Simon wusste, dass er wieder mit Sarah geschlafen hatte. Verdammt, alle wussten es, denn der Geruch von Sex war unverkennbar – ganz zu schweigen davon, dass er sie gründlich markiert hatte, indem er seinen eigenen Geruch jedes Mal mit dem Kinn in ihre Haut rieb. Er konnte sie vielleicht nicht mit einem Paarungsbiss markieren–

Noch nicht, warf sein Bär ein

– aber er konnte sich nicht verkneifen, sich jede Nacht an ihr zu reiben, bis sie kicherte.

Er lächelte, als er daran dachte. Sarah lachen zu hören und sie lächeln zu sehen… Jedes Mal, wenn sie ihre Freude zeigte, ging ein weiteres Licht in der Dunkelheit seiner Seele an.

Also ja, alle wussten es und alle drängten ihn, es Sarah zu sagen, obwohl keiner von ihnen eine wirklich gute Idee hatte, wie. Und warum sollten sie auch? Simons Partnerin war eine geborene Gestaltwandlerin, also hatte er es Jess nie erklären müssen. Eine Wunde hatte Coles Verwandlung zu einem Gestaltwandler bereits in die Wege geleitet, als Janna sich in ihn verliebte, also hatte er keine Wahl gehabt. Keiner von ihnen hatte tun müssen, was Soren jetzt bevorstand.

Und scheiße, Sarah hatte auch keine andere Wahl, nicht wahr? Das Baby würde geboren werden. Schon bald.

Er war also ohnehin nicht gut gelaunt gewesen und es wurde nur noch schlimmer, als Tyler Hawthorne, der Alpha des Twin Moon Rudels, auf den Parkplatz des Saloons bog. Lana, Tylers Gefährtin, war mitgekommen, genau wie etwa fünfzehn andere grobe, harte Gestaltwandler in fünf oder sechs Fahrzeugen, die nicht übermäßig diskret in der Gasse geparkt standen.

Irgendetwas war im Gange. Er konnte es in der Luft spüren. Diese Gestaltwandler waren auf dem Weg irgendwohin. Sie hatten eine Mission.

„Wir haben gehört, dass Whyte und die Blue Bloods nach Süden unterwegs sind", sagte Tyler. Ganz leise, damit es niemand hörte. „Wir werden ihm folgen."

Sorens erste Reaktion war, *Toll, ich sage den anderen Bescheid und komme gleich raus.*

Aber Tyler legte ihm eine Hand auf die Brust und fixierte ihn mit seinem laserscharfen Blick. „Du bleibst hier."

Einen Moment lang konnte er nicht sprechen. Wut kochte in ihm hoch und rauschte in seinen Ohren.

„Einen Teufel werde ich tun."

Tyler schüttelte den Kopf. „Du bleibst hier."

Ein Knurren stieg in seiner Brust auf und verstärkte die Härte in seinen Worten. „Die Blue Bloods haben meinen Clan getötet. Meinen Clan!" Seine Stimme brach, als er die Worte bellte, verdammt noch mal. Wie konnte Tyler es wagen, ihm vorzuschreiben, zurückzubleiben?

Du bleibst hier, befahlen die dunklen Augen des Alphas ein weiteres Mal.

Drei Worte – ein Todesurteil für seine Seele. Die Blue Bloods zu jagen war sein Recht. Seine Verantwortung. Er und sein Bruder hatten nach dem Massaker in Montana Dutzende von schuldigen Schurken aufgespürt und erledigt, aber sie hatten es nie geschafft, Whyte in die Finger zu kriegen. Denjenigen, der den Angriff angeordnet hatte.

„Whyte gehört mir", knurrte er.

Simon erschien an seiner Seite. Als er die Neuigkeiten hörte, sprossen Haare auf seinen Armen, denn die Wut hätte ihn fast in die Verwandlung gedrängt.

„Was zum Teufel meinst du damit, wir kommen nicht mit?"

Tyler starrte sie weiter mit unerschütterlichem Blick an. „Wir müssen einen kühlen Kopf bewahren, wenn wir uns nähern. Die Anführer ausschalten, aber entscheiden, wer es verdient zu leben."

„Meine Familie hat es verdient zu leben!", brüllte Soren dem mächtigsten Gestaltwandler im Four Corners-Gebiet praktisch ins Gesicht.

Jeder, den er jemals geliebt und verloren hatte, hätte in diesem Moment die Straße entlangmarschieren können – ein schmerzlich vermisster Freund und Verwandter nach dem anderen. Die Gesichter und Eigenheiten eines jeden von ihnen fühlten sich so real an, dass der Verlust ergreifend war. In all den Monaten hatte er die Erinnerungen in den hintersten Winkel einer mentalen Schublade gedrängt. Er hatte sich nie wirklich erlaubt, zu trauern oder sich an gute und schlechte Zeiten zu erinnern. Aber jetzt sprangen sie ihm entgegen. Die traurigen Gesichter, die ihn fragten, warum er nicht dagewesen war, um für sie zu kämpfen.

„Sie haben nicht deine Mutter umgebracht. Oder deinen Vater", zischte er Tyler an. „Sie haben nicht jeden einzelnen Menschen in deiner Familie erwischt und bei lebendigem Leibe verbrannt... "

Es war Simon, der ihn zurückhielt und ihn zwang, sich zusammenzureißen. Und es war Lana, Tylers Gefährtin, die vortrat und ihm eine Hand auf den Arm legte.

„Ich weiß, es ist schwer. Aber wenn du Tyler wärst und er du, wen würdest du mitnehmen?"

Ich würde mich mitnehmen, wollte er schreien, aber er wusste, dass sie recht hatte. Er würde jeden zurücklassen, dessen Emotionen ihm in einem kritischen Moment in die Quere kommen könnten. Das Wichtigste war, Whyte auszulöschen, bevor er seine hässliche Propaganda in der ganzen Gestaltwandlerwelt verbreiten konnte. Nicht die, die die Drecksarbeit machten.

Aber verdammt, er wollte derjenige sein, der dieses Arschloch in Stücke riss.

Er fletschte die Zähne und grunzte – nicht gegen Tyler oder Lana, sondern gegen das Schicksal.

Er konnte eine Stimme hören, die im Wind lachte. *Ha! Habe ich dich wieder erwischt.*

„Lass die Scheiße", sagte sein Bruder zu ihm, der seine Gedanken las. Dann wandte er sich an Tyler. „Schnappt euch die Drecksäcke. Schnappt euch jeden einzelnen."

Als die Wölfe davonfuhren, ließ Soren den Kopf hängen und spuckte die Bitterkeit aus seinem Mund. Nun, er versuchte es zumindest. Aber verdammt. Er würde niemals Frieden finden. Nicht auf diese Weise. Erwarteten Tyler und die anderen wirklich, dass er zu Hause rumsaß, während sie seine Drecksarbeit erledigten?

Er starrte auf seine Füße. Ja. Das taten sie.

„Scheiße." Er trat gegen den Asphalt.

Simon ließ ihn stehen und machte sich wieder an die Arbeit. Und Soren... Nun, welche Wahl hatte er denn?

Sarah war oben und machte ein Nickerchen und er war versucht, sich neben sie zu legen, um etwas von der beruhigenden Energie zu tanken, die er in ihrer Nähe immer spürte. Aber er konnte sie nicht damit belasten, wie seine Wut und Frustration wie ein schlechter Gestank von ihm ausstrahlten. Sie brauchte Ruhe. Sie waren abends viel zu lange aufgeblieben und sie hatte immer früh aufstehen müssen, um das Café zu öffnen, obwohl sie es stets mit einem Lächeln tat.

Sein Stirnrunzeln abzulegen und sich an die Arbeit zu machen, war also gewiss das Mindeste, was er tun konnte. Nicht wahr?

Aber dann fing Janna wieder an, ihn zu nerven, und das letzte Fünkchen Selbstbeherrschung verpuffte.

„Ich werde Sarah von Gestaltwandlern erzählen, wenn du es nicht tust", sagte sie und stellte den letzten der umgedrehten Stühle auf den Boden, bereit den Saloon zu öffnen.

Natürlich wusste Janna nicht, was gerade im Hinterhof geschehen war. Janna wusste nicht, wie kurz seine Zündschnur in diesem Moment war. Aber er explodierte trotzdem.

„Genug!", brüllte er so laut, dass die Gläser hinter der Theke bebten. „Ich werde es dir nicht noch einmal sagen. Es reicht!"

Hätte Simon ihm die Whiskyflasche nicht aus der Hand gerissen, hätte er sie durch das Fenster geschleudert, um seine Aussage zu unterstreichen.

Janna wurde erst blass, dann rot und funkelte ihn schließlich an, aber sie hielt den Mund. Alle verstummten, bis die einzigen Geräusche sein röchelnder Atem und das leise Surren des Deckenventilators waren.

Was für ein Arschloch, schien der Ventilator zu quietschen. *Was für ein Arschloch.*

Janna sprach den Rest des Abends nicht mehr mit ihm. Auch Simon tat es kaum. Jess war die Einzige, die ihm überhaupt in die Augen sah, und wenn sie es tat, sah sie traurig und sprachlos aus.

Gott, er war tatsächlich ein Arschloch. Er hatte seine Zähne gezeigt und gebrüllt wie ein echter Scheißkerl von einem Alpha. Er fühlte sich den ganzen Abend schrecklich deswegen, aber es änderte nichts.

„Ich verschwinde", sagte Janna um Mitternacht, als Cole, der von einem späten Treffen auf der Seymour-Ranch zurückkam, mit seinem Wagen vorfuhr.

„Wo willst du denn hin?", fragte Jess.

„Cole und ich gehen tanzen."

Soren hätte fast geschnaubt. Tanzen. Fantastisch. Aber alles war aufgeräumt und Janna war erwachsen. Also ja, sie hatte es verdient, sich an diesem Abend zu amüsieren.

Simon putzte hinter der Bar zu Ende, schnappte sich seine Autoschlüssel und schlang einen Arm um Jessicas Schultern. „Bis später", sagte er.

Soren starrte ihn eine Sekunde lang an. Wollte sein Bruder ihn auch verlassen?

„Wir machen einen Ausflug." Simon schaute Jessica mit einem müden Lächeln an. „Zeit, den Bären eine kleine Runde drehen zu lassen."

Großartig. Einfach verdammt großartig. Sein Bruder und Jess wollten sich um Mitternacht im Wald austoben. Janna und Cole gingen tanzen. Die Wölfe der Twin Moon Ranch waren auf der Jagd nach dem Mörder, den er so verabscheute. Und Soren...

Soren lehnte sich mit dem Rücken gegen die Bar und schüttelte den Kopf.

„Kommst du zurecht?", fragte Jess leise.

Sicher doch. Einfach verdammt großartig, wollte er sagen. Aber er hatte heute Abend schon genug gebellt.

Er nickte. „Sicher."

Ihre Schritte hallten zur Tür hinaus und die Straße hinunter. Einen Moment später wurde ein Wagen angelassen und sie fuhren davon.

Soren drehte sich um und musterte jeden Zentimeter des Tresens, an dem er vor Monaten so hart gearbeitet hatte. Nun, er betrachtete jeden Teil außer dem Spiegel, denn er hatte nicht den Mumm, sich selbst ins Gesicht zu sehen. Er fühlte sich tausend Jahre alt und sah wahrscheinlich auch so aus.

Er warf den Kopf zurück und ließ seinen Blick von den glitzernden Flaschen und den lackierten Eichenregalen über die kunstvoll geschnitzten Stützen schweifen. Lampenlicht glitzerte auf dem Lauf des 1873er Winchester-Gewehrs, das er restauriert und dort aufgehängt hatte. Schatten spielten über die in den oberen Teil der Bar geschnitzte Szene. Ein Wolf heulte den Mond an und ein Bär watete durch einen Bach, während ein Adler über ihnen schwebte.

Er hatte nie verstanden, warum Wölfe es liebten, den Mond anzuheulen, aber verdammt, er war noch nie so kurz davor gewesen, es selbst zu versuchen, wie am heutigen Abend.

Er seufzte über die ganze Arbeit, die er in diesen Tresen gesteckt hatte. All die Stunden und das Sägemehl in seinen Nasenlöchern. Er war so stolz gewesen, aber verdammt. Diesen Tresen zu restaurieren, könnte die einzige Leistung seines Lebens bleiben.

Soren Voss, Alpha des Blue Moon-Clans, würde für nichts anderes in die Geschichte eingehen.

Er schenkte sich einen Schnaps ein und verbrachte eine lange Zeit damit, Gläser zu polieren, die nicht poliert werden mussten, während er ins Leere starrte. Er machte sich nicht die Mühe, die Eingangstür zu schließen, denn die Schwingtüren des Saloons ließen die kühle Nachtluft herein. Die Stimme des Schicksals schwebte hinein und gackerte ihn von Zeit zu Zeit an. Das oder das Geräusch eines Autofahrers, der spät abends auf der Straße unterwegs war.

So verging eine Stunde oder vielleicht auch zwei und er wollte sich gerade einen weiteren Bourbon einschenken – ein gefährlicher Zug für einen Mann, der viel zu viele Flaschen in Reichweite hatte –, als Schritte die knarrende Treppe im hinteren Bereich hinunterhuschten.

„Soren?"

Er stellte die Flasche ab und schob das Glas weg. Warum klang Sarah so panisch?

„Was ist los?" Er trat vor, um sie abzufangen, aber sie rauschte an ihm vorbei und spähte über die Saloontüren hinaus. Auf Turnschuhen, die sie sich schnell über die nackten Füße gestreift hatte, beugte sie sich nach vorn.

Sie hatte angefangen, eines seiner alten T-Shirts als Nachthemd zu tragen, und es entblößte gerade genug ihrer Oberschenkel, um seinen Blick ein wenig zu lange zu fesseln. Gott, sie war wunderschön mit ihren langen Beinen, dem roten Haar und der gertenschlanken Figur. Aber warum klang sie so verängstigt?

Er legte einen Arm um ihre Schultern und schaute die Straße auf und ab. „Was ist los?"

Du musst es ihr sagen, beharrte sein Bär. *Erzähle ihr von mir.*

Als ob sie das beruhigen würde, wo ihre Nerven doch schon so aufgewühlt waren.

Sie erschauderte und er zog sie näher an sich. „Ich habe es wieder gespürt. Dieses Gefühl, dass sie mir auf den Fersen sind... "

Er brauchte nicht zu fragen, wen sie damit meinte. Er wusste es. Aber Sarah irrte sich. Tyler Hawthorne war dabei, die Blue Bloods irgendwo weit entfernt aufzuspüren. Und sie zu vernichten, wenn alles nach Plan verlief.

Sag es ihr! beharrte sein Bär.

Himmel, jetzt war wohl kaum der richtige Zeitpunkt.

Er schlang seine Arme um sie und atmete tief an ihrem Haar ein. „Ist schon gut. Alles ist gut. Du bist hier sicher. Das Baby ist hier sicher."

Sie umarmte ihn fest, aber ihr dünner Körper zitterte immer noch.

Er hielt sie und wiegte sie fast wie in einem langsamen Tanz zu den letzten ausklingenden Takten eines Liedes. Ein wenig Frieden kehrte in ihm ein. Er küsste ihren Scheitel und fuhr mit seinen Armen an ihrem Rücken hinauf und hinunter.

„Siehst du? Du brauchst dir keine Sorgen zu machen... "

Plötzlich ertönte der Alarm der Feuerwache zwei Häuserblocks weiter und Sarah riss den Kopf nach oben.

„Feuer?"

Sie traten beide auf den Bürgersteig hinaus und schauten dem geschäftigen Treiben auf der Straße zu.

Er wollte es mit einem Achselzucken abtun und Sarah sagen, dass es nur ein Feuer war, aber *nur* und *Feuer* schienen keine gute Kombination für eine Frau zu sein, die überlebt hatte, was ihr widerfahren war.

„Schnell! Schnell! Hilfe! Irgendwer!" Ein Mann schrie und rannte auf der anderen Seite der Straße hinauf.

Soren wirbelte herum.

„Oh Gott, nein", murmelte Sarah und deutete auf die Ladenfront auf der anderen Straßenseite. In den Fenstern spiegelten sich die Flammen, die aus einem Gebäude ein paar Blocks hinter dem Saloon über die Dächer schlugen.

„Schnell! Hilfe!" Der Mann eilte auf sie zu und packte Sorens Arm. „Wir müssen sie dort rausholen!"

Soren wusste nicht, wer dort festsaß, aber er würde keine Zeit mit Reden verschwenden.

„Warte hier." Er trat von Sarah weg.

„Aber–"

„Bitte!", flehte der Mann und riss an seinem Arm herum. „Dort drinnen sind Menschen gefangen!"

Er warf einen Blick zur Feuerwehrwache. Die Löschfahrzeuge waren noch nicht einmal herausgerollt. Und wenn sie es taten, wäre es vielleicht schon zu spät.

Er schaute Sarah an und sein Herz schrie, *Lass sie nicht allein! Gehe nicht!*

Aber wie sollte er nicht gehen? Wie sollte er nicht helfen?

Er nahm all seine Entschlossenheit zusammen, ließ sie los und sprintete die Straße hinunter.

Kapitel 17

„Warte, Soren!“, rief Sarah, aber er war bereits mit dem Mann verschwunden, der sie um Hilfe gebeten hatte.

Sie schaute ihnen nach, wie sie den Bürgersteig hinunterrannten und dann um eine Ecke auf der rechten Seite verschwanden.

Sie lehnte sich an die Außenwand des Saloons und schlang die Arme um sich, während sie die Reflexion der Flammen in den Schaufenstern auf der anderen Straßenseite tanzen sah.

Gott, nicht noch ein Feuer. Nicht noch ein verlorenes Leben. Und Gott, bitte, bitte nicht Soren. Sie durfte ihn nicht auch noch verlieren.

Natürlich tat er das Richtige, indem er versuchte, zu helfen. Trotzdem betete sie, dass die Feuerwehr zuerst da sein würde, denn sie waren die Experten. Aber Herrgott, warum brauchten sie so lange?

Das Feuer brannte irgendwo hinter dem Saloon und obwohl sie in den Hinterhof hätte laufen oder die Straße überqueren können, um das Feuer direkt zu sehen, war die Spiegelung schon schlimm genug. Sie strich mit der rechten Hand über ihre linke und dann mit der linken über die rechte, wie in einer nervösen Waschbewegung, als sie sich an den sengenden Schmerz ihrer Verbrennungen erinnerte.

Sie presste die Hände zusammen. Beten würde wahrscheinlich genauso viel helfen, wie sich Sorgen zu machen, aber was konnte sie sonst tun?

Bitte, Gott. Bitte nimm nicht noch ein Leben.

Hektische Personen liefen vorbei. Menschen strömten aus Gebäuden und schrien. Sirenen ertönten, als zwei Feuerwehrautos in einem Wirrwarr aus Lärm und blinkenden roten Lichtern die Straße hinuntersausten. Sie bogen um die Ecke, genau wie Soren es getan hatte.

„Feuer!", riefen die Leute. „Feuer!"

Sarah erschauderte und redete sich ein, es läge an der Kälte in der Luft oder an dem Feuer und nicht an dem unheimlichen Gefühl, mit dem sie aufgewacht war. Das Gefühl, dass das Böse, dem sie entkommen war, sie wiedergefunden hatte.

Sie blickte die Straße hinunter und dann in die andere Richtung. Die Straßen waren unheimlich still geworden, während sich das Geschehen am Ort des Feuers tummelte. Überall waren Schatten zu sehen...

Schatten, die nicht weiterhuschten. Schatten, die beobachteten. Warteten.

Ein kalter Schauer lief ihr den Rücken hinunter. Sie wich zurück in die Richtung der Saloontüren. Irgendetwas stimmte nicht. Noch etwas anderes als das Feuer.

Soren! schrie sie in Gedanken.

Eine Gestalt löste sich aus der Dunkelheit und kam in aller Ruhe mitten auf der Straße auf den Saloon zu. Ein großer, ganz in Schwarz gekleideter Mann. Ein zweiter Mann gesellte sich zu ihm, der einen Anzug trug, der durch sein reines, sauberes Weiß irgendwie sogar noch unheimlicher wirkte.

Sie gingen nicht auf das Feuer zu. Sie steuerten mit großspuriger Selbstsicherheit, die ihr das Blut in den Adern gefrieren ließ, direkt auf sie zu.

Genau wie in ihren Albträumen öffnete sie den Mund, aber es kam kein Ton heraus.

Geh wieder hinein! Schließe die Tür ab! schrie sie ihre eigenen Füße an, aber die schienen im Schlamm zu versinken.

Die Sekunden verstrichen und sie konnte nur starren, während mehrere weitere Schatten an der Häuserwand erschienen und einen unheimlichen Singsang anstimmten.

„Reinheit. Reinheit... "

Schließlich löste sich etwas in ihr und sie stolperte durch die Saloontüren hinein. Sie quietschten in den Angeln hin und her, als sie verzweifelt nach den Metallrollläden griff, mit denen sie den Saloon nachts verschlossen. Wer auch immer die Rollläden zuletzt hochgeschoben hatte, hatte sie so weit nach oben gedrückt, dass sie springen musste, um die Schnur zu erreichen, die an ihrem Ende baumelte. Ihre Finger streiften die Schnur – einmal, zweimal –, bevor sie sie schließlich ergriff und mit aller Kraft hinunterzog.

Und *zack!* Metall klirrte gegen Metall, als die Rollläden gegen den Rahmen auf dem Boden schlugen. Sie kniete sich nieder und schob den Bolzen hinein. Als sie durch die winzigen Schlitze zwischen den Fensterläden auf die Stiefel schaute, die draußen erschienen, erstarrte sie.

„Miss Boone, es ist zwecklos, zu versuchen, zu fliehen", sagte ein Mann, während mehrere andere hinter ihm riefen.

„Reinheit. Reinheit."

Sie stürzte auf ihren Hintern und krabbelte rückwärts. Die Tür würde sie aufhalten, aber für wie lange? Sie könnten die Fensterscheiben eintreten oder durch die Hintertür eindringen.

Ihr Körper zitterte so sehr, dass sie kaum auf die Beine kam.

„Reinheit. Reinheit..."

Selbst wenn sie sich die Finger in die Ohren gesteckt hätte, wäre das Echo noch zu hören. Wer waren diese Verrückten?

„Lassen Sie mich in Ruhe!", schrie sie und rieb sich mit den Händen über den Bauch. *Lassen Sie mein Baby in Ruhe!*

Der Mann an der Tür rüttelte mit dem Fuß am Metall und lachte. „Ich fürchte, das können wir nicht, Miss Boone. Ich fürchte, Sie müssen sterben."

Seine Stimme war trotz des leichten Untertons ruhig, beständig und das pure Böse.

„Was habe ich getan?", schrie sie. „Was habe ich getan?"

Sie wollte einen Stuhl nach ihm schleudern. Mit den Fäusten auf ihn einschlagen. Einen großen, schweren Schlagstock finden und ihn ein paarmal schwingen. Warum konnten diese Verrückten sie nicht einfach in Ruhe lassen?

„Menschen ist es nicht gestattet, sich mit unserer Art zu vermischen. Nicht mit Wölfen, nicht mit Bären. Wir müssen die Reinheit unserer Blutlinien schützen."

Wölfe? Bären? War er Teil eines geheimen Bundes? Eines unheimlichen Militärprojektes, das schiefgelaufen war?

Sie bedeckte ihren Bauch mit ihren Händen. Das Baby. Sie waren hinter dem Baby her. Aber warum?

„Soren!", schrie sie, obwohl er zu weit weg war, um sie zu hören.

Der Mann an der Tür stieß einen schweren Seufzer aus. Die Schlägertypen, die ihn begleiteten, verteilten sich entlang der vorderen Fensterscheiben und spähten unter den Buchstaben hindurch, die von innen nach außen betrachtet *Blue Moon Saloon* rückwärts schrieben.

„Er ist Teil des Problems, meine Liebe. Ihr ganzes verdorbenes Rudel ist das Problem."

„Sie sind der Verdorbene hier!", schrie sie.

Aber schreien würde sie nicht weiterbringen, das wusste sie.

Denk nach, Sarah, denk nach!

Sie wirbelte herum. Sie könnte nach hinten hinauslaufen, aber wer wusste denn schon, ob dort draußen nicht noch mehr Männer lauerten? Und selbst wenn nicht, wie lange würde sie durchhalten? Sie war nicht mehr die flinke Läuferin, die sie einst gewesen war, weil das Baby ihre Fähigkeit zu laufen beeinträchtigte.

Im Saloon war es schummrig. Ein einzelnes Licht leuchtete über dem Spiegel der Bar. Sie ließ ihren Blick über die Regale huschen und überlegte, was sie zu ihrer Verteidigung benutzen könnte. Eine abgebrochene Flasche? Einen Hocker?

Als die Männer sich draußen bewegten, glitzerte das Licht auf dem antiken Gewehr, das weit oben über dem Tresen hing. Sie hielt inne und starrte es an, während das klappernde Geräusch von herumrollendem Metall in ihrem Kopf widerhallte.

Die Patronen. Soren bewahrte Silberkugeln in der Kasse auf.

Sie stürmte an die Kasse und öffnete sie mit einem Klingeln. Das Rollgeräusch, auf das sie gewartet hatte, ertönte sofort. Soren hatte das Geld für die Nacht herausgenommen und sie konnte das Silber im hinteren Teil glänzen sehen. Sie griff nach einer Handvoll Kugeln und warf sie auf die Theke. Eine rollte herum und plumpste auf die Gummimatte hinter dem

Tresen, während sie mit zitternden Händen eine zweite Handvoll schöpfte. Könnte sie wirklich jemanden erschießen?

Die geöffnete Schublade der Kasse stieß gegen ihren Bauch und erinnerte sie an das Baby. Sie richtete sich auf. Ja, verdammt, sie könnte es.

Die Männer draußen rüttelten an den Metallrollläden über der Tür. Es war nun kein warnendes Klappern wie zuvor, sondern ein kräftiges Rütteln, das die Stärke des Riegels testete.

Sie zog einen Hocker an die Wand und kletterte an den Sprossen hinauf. Vielleicht nicht ganz so schnell, wie sie einst auf Bäume geklettert war, aber schneller, als es eine schwangere Frau jemals getan hatte. Oben auf dem hinteren Tresen der Bar angekommen, griff sie auf Zehenspitzen nach dem Gewehr. Als ihre Finger vom polierten Nussbaumholz des Schaftes abrutschen, dachte sie einen Schreckmoment lang, sie würde fallen.

Sie fuchtelte mit den Armen herum. Irgendwie riss sie das Gewehr hinunter und griff gleichzeitig nach einem Regal. Dann stand sie still und keuchte wild. Aber nur für einen Augenblick, denn die Männer sammelten sich vor dem Saloon und bereiteten sich auf ihren Angriff vor. Sie konnte es an ihren Stimmen hören und in der Spannung der Luft spüren.

„Miss Boone...“, rief die spöttische Stimme wieder.

Es war nur ein kleiner Sprung vom hinteren Teil der Bar zum Tresen, auf dem die Getränke serviert wurden, aber es hätte genauso gut der Grand Canyon sein können, als sie auf die Kugeln starrte, die so weit entfernt lagen.

Los! Spring los!

Mit einem halben Schritt und halbem Sprung überwand sie die Lücke, kniete sich zu den Kugeln hinunter und fing an, sie in den seitlichen Schacht des Gewehrs einzuführen.

Winchester, erklärte der Stempel auf dem Metall des Gewehrs. 1873. Ihr Vater hätte innegehalten, um es zu bewundern, aber sie tat es ganz sicher nicht. Sie schob eine Patrone nach der anderen hinein. Fünf? Sechs? Ein oder zwei davon fielen zu Boden, so sehr zitterten ihre Hände. Draußen standen mindestens sieben Männer, also legte sie noch ein paar Patronen nach.

Aber ihre Hände zitterten unbändig, verdammt noch mal. Auch ihre Zähne klapperten. Sie spannte die Waffe mit einem entschlossenen *Klick-klack* und es macht ihr ein wenig Mut. Sie hatte ein .44 Winchester-Gewehr, verdammt noch mal. Sie könnte diese Arschlöcher verscheuchen.

Arschlöcher, die keinerlei Waffen zu haben schienen und dennoch weiter an die Tür hämmerten.

Ein dröhnendes Krachen ertönte von hinten und sie schwang das Gewehr herum. Gott, jetzt kamen sie von beiden Seiten auf sie zu. Wenigstens hockte sie hoch oben wie auf einem Laufsteg auf der Stange, obwohl dies sowohl ein Segen als auch ein Fluch war. Ein falscher Schritt, und sie würde fallen.

Sie wich rückwärts auf der Bar zurück und hob das Gewehr an ihre Schulter. Mit dem Finger fand sie den Abzug, während sie sich in einem Balanceakt, der ihre halbe Konzentration und all ihre Nerven kostete, auf die Wand zubewegte.

Eine riesige Gestalt schoss aus dem Hinterzimmer und *bumm!* Sie drückte ab.

Der Rückstoß des Gewehrs ließ sie fast rückwärts von der Theke stürzen. Sie keuchte auf und ihr Ziel tat es auch.

„Großer Gott, Sarah!"

„Soren?"

Er sprang von der Stelle auf, an der er zu Boden gegangen war. Unverletzt wie es schien. Er starrte sie mit großen Augen an, als ihr Körper in Panik verfiel. Gott, fast hätte sie Soren erschossen! Was hatte sie sich nur dabei gedacht?

„Die richtige Idee." Er nickte auf das Gewehr. „Das falsche Ziel."

„Mein Gott, Soren!"

Er fuhr fort, als hätte sie nicht gerade einen schrecklichen Fehler gemacht. „Sie haben das Feuer zur Ablenkung gelegt", sagte er rot vor Wut. Dann deutete er nickend auf das Gewehr. „Ziele gut."

„Was?" Am liebsten hätte sie Soren das Gewehr gegeben und ihn schießen lassen, während sie selbst die Polizei rief und sich im Hinterzimmer verkroch.

Aber offensichtlich hatte Soren einen anderen Plan.

„Hör zu." Seine Stimme war eindringlich und seine Augen glühten. „Du musst genau zielen und einen nach dem anderen ausschalten."

Sie wollte niemanden ausschalten. Sie wollte verdammt noch mal verschwinden. Sie mussten beide von hier verschwinden. Vielleicht wenn sie nach hinten rannten...

„Soren–"

Er ballte die Hände zu Fäusten. „Es ist so weit, Sarah. Hier und Jetzt werden wir sie aufhalten. Du und ich."

Er meinte es ernst. Gott, es war ihm ernst. Und er hatte recht. Diese Verrückten waren ihr im Zickzack durch das ganze Land gefolgt. Sich zu wehren, war der einzige Ausweg.

Sie starrte auf das Gewehr hinunter. Es hatte einen Schuss abgegeben, also funktionierte es. Das war immerhin etwas.

Einer der Männer vor der Tür hob seinen Fuß, um das Fenster einzutreten. Die anderen wichen zurück.

„Hast du das Ding schon mal geschossen?", fragte sie und schwang es in die Richtung der Männer.

„Einmal."

„Einmal?"

„Es zieht ein wenig nach oben und rechts."

Gott, wie konnte er nur so ruhig sein? Und welche Waffe wollte er benutzen?

„Hast du irgendwo noch eine andere Waffe?", schrie sie, als der Mann draußen gegen das Glas trat. Es klirrte, aber zu ihrer Überraschung hielt es.

Sorens Stimme wurde ganz leise und knurrig. „Ich stehe kurz davor, sie herauszulassen."

Sie herauslassen? Herauslassen? Was meinte Soren damit?

„Sieh mich an, Sarah", sagte er mit seiner tiefen, ruhigen Stimme.

Wie konnte sie ihn ansehen, wenn ein Verrückter gerade dabei war, das Fenster einzutreten?

„Sieh mich an." Seine Stimme war so sicher und befehlend, dass sie gehorchte.

Soren holte tief Luft. „Sieh dir meine Augen an. Erinnerst du dich an die Farbe?" Sie hätte vor Frustration schreien können. Natürlich erinnerte sie sich an die Farbe. Niemand sonst hatte solche Augen, außer vielleicht sein Bruder. Dieses intensive, ehrliche Blau, genau die Farbe des Himmels zu Hause.

„Und merke dir eins. Bären, gut. Wölfe, böse."

„Bären, was?"

„Bären, gut. Wölfe, böse. Zumindest diese Wölfe sind böse."

„Welche Wölfe", begann sie zu schreien, als das vordere Fenster zerbrach.

Vier Männer kletterten herein, während die anderen hinter ihnen mit ihrem schrecklichen Gesang fortfuhren.

„Reinheit. Reinheit… "

Kapitel 18

Sarah schwang das Gewehr herum, spannte es und drückte ab.

Bumm!

Der erste Mann, der durch das Fenster stieg, duckte sich und rollte weg, als die Kugel das Holz über der zerbrochenen Fensterscheibe traf.

„Ziele auf das Herz", sagte Soren mit einer seltsam erstickten Stimme.

Sie fluchte. Sie hatte nur wenige Kugeln und es sah so aus, als würden diese Männer nicht wegen des Geräuschs allein zurückweichen.

Klick-klick. Die verschossene Patrone sprang heraus und sie rammte eine neue hinein.

Gott, sie würde es wirklich tun müssen. Sie würde einen Mann töten müssen.

„Beeil dich, Soren!", rief sie und wagte es nicht, ihren Blick von den Eindringlingen abzuwenden. Warum brauchte er so lange? War die zweite Waffe irgendwo versteckt, wo sie schwer zu erreichen war?

Sie holte tief Luft, weitete ihren Stand und zielte auf einen großen Mann, dessen Augen sie wie ein Todesengel fixierten.

Er will das Baby töten, erinnerte sie sich.

Sie blinzelte, drückte ab und zuckte zusammen, als der Schuss ertönte. Sie sah schockiert zu, wie sich ein dunkler Schatten auf dem Hemd des Mannes ausbreitete. Er stolperte einen Schritt zurück und schlug sich seltsam unbeeindruckt mit der Hand auf die Brust.

„Sie denkt, Kugeln können uns aufhalten", spottete einer der anderen.

Sie dachten, Kugeln würden sie *nicht* aufhalten? Wie verrückt waren sie denn?

Der Mann, auf den sie geschossen hatte, grinste nun nicht mehr. Er starrte ungläubig und sackte zu Boden.

„Was? Jeff!", brüllte ein anderer und beugte sich über ihn.

Sie alle zögerten einen Moment und schauten auf den gefallenen Mann. Sarah riskierte einen Blick zu Soren zu ihrer Linken.

„Beeil dich, Soren–"

Ihr klappte die Kinnlade hinunter, als sie sah, wie Soren sich vornüberbeugte und stöhnte.

Oh Gott. War er auch angeschossen worden?

Sein Rücken krümmte sich, als er auf Hände und Knie nach vorn kippte und halb von der Theke verdeckt wurde. Sein Hemd war am Rücken zerrissen und–

„Schnappt sie euch!", rief einer der Männer von draußen.

Sarah wirbelte herum, zielte auf den nächstbesten Mann und drückte ab.

Kling! Die Kugel prallte von einer kupfernen Leuchte direkt über ihm ab und flog nach rechts.

„Verdammt", murmelte sie und erinnerte sich daran, was Soren über die Korrektur nach links gesagt hatte.

Der dunkelhaarige Mann duckte sich. Als er sich wieder erhob, funkelte er sie mit Wut in den Augen an. Sein Haar war struppig, vor allem um die Ohren herum, als hätte er es schon viel zu lange nicht geschnitten und die langen Strähnen nur mit einem Messer gekürzt.

„Du stirbst", zischte er.

Sie war sich sicher, dass er sich auf sie stürzen würde, aber er knurrte nur. Er knurrte so richtig – wie ein Hund – und krallte mit der Hand durch die Luft.

Soren knurrte ebenfalls und sie schaute wieder zu ihm hinüber. Ging es ihm gut?

Dann erstarrte sie. Ihr Herz schlug laut. Ihr Blut wurde langsam.

Es war ein Trick des Lichts. Oder vielleicht halluzinierte sie. Vielleicht hatte sie endgültig den Verstand verloren, denn sie hatte gerade gesehen, wie der letzte Rest von Soren – der Soren, dessen jegliche Narbe, jedes Haar, jeden Zentimeter sie zu kennen glaubte – unter einem dichten, vollen Pelz verschwand, der aus seiner Haut spross und ihn verschlang.

„Soren!", schrie sie.

Er verschwand aus ihrem Blickfeld und sie betete, er möge aufstehen und die Illusion aus ihrem armen verwirrten Verstand vertreiben.

Ein Knurren ließ sie herumwirbeln und die Mündung des Gewehrs anheben. Sie drückte ab, fast bevor sie ihr Ziel anvisieren konnte, und dieses Mal war es ein Volltreffer. Ein schwarzhaariger Wolf mit struppigen Ohren grunzte und fiel zu Boden.

Ihr wurde übel. Wo war denn der Wolf hergekommen? Wo war der Mann geblieben? Sie wollte auf keinen Wolf schießen. Sie hatte auf einen Mann gezielt–

Ein grollendes, wildes Knurren ertönte vom Ende der Bar und sie blickte zurück und zu Soren. Dann erstarrte sie.

Nicht zu Soren. Dort stand ein Bär. Ein gewaltiger Grizzlybär mit riesigen Pfoten und goldener Halskrause und–

Er drehte sich um und schaute sie mit seinen intensivblauen Augen an. Sie schnappte nach Luft.

Bären, gut. Die Worte hallten in ihrem Kopf nach. *Wölfe, böse.*

„Soren?", piepste sie.

Die Hölle brach aus, als der Bär nach vorn sprang und sich in den Kampf stürzte. Der Saloon ging in Menschengeschrei, Hundegebell und Bärenknurren unter. Stühle und Tische wurden zur Seite gestoßen und eine weitere Glasscherbe, die an der Fensterfront gehangen hatte, krachte zu Boden.

„Schnappt sie!", brüllte der Mann in Weiß den Wölfen zu.

Wölfe, wo vor einer Sekunde noch Männer gestanden hatten.

Natürlich hatte sie die Geschichten gehört, die von den alten Holzfällern in Montana erzählt wurden. Geschichten von Menschen, die sich in wilde Tiere verwandelten – Wölfe, Bären, Löwen. Aber sie hatte niemals in Betracht gezogen, dass sie wahr sein könnten.

Sie riss das Gewehr herum und feuerte gerade noch rechtzeitig einen Schuss ab, um den nächsten Wolf abzuwehren, der in ihre Richtung sprang.

Etwas in ihrem Hinterkopf sagte ihr, dass dies keine normalen Wölfe waren. Sie hatten verfilztes, verknotetes Fell und glühend rote Augen. Eher wie satanische Hunde, wenn es so etwas überhaupt gab.

Abtrünnige Schurken, hallte eine Stimme in ihrem Kopf wider, die genauso klang wie die von Soren.

Was auch immer sie waren, sie wollten sie tot sehen, also hatte sie keine andere Wahl, als zu schießen. Mehrere von ihnen griffen den Bären an, während zwei andere sie beäugten – gerissene Biester, die zwischen Tischen, Stühlen und sogar dem Billardtisch hin und her sprangen, damit sie nicht auf sie zielen konnte. Einer der beiden duckte sich außerhalb ihrer Sichtweite, während der andere sich hinter die Pokertische schlich.

Sie spannte das Gewehr, zielte und schoss auf seine Füße. Und *bumm!* Holz zersplitterte, als ein Stuhl nach hinten geschleudert wurde und mehrere andere umstürzten. Der Schuss ging jedoch daneben und der Wolf sprang auf den Tresen, bevor sie das Gewehr erneut laden konnte.

„Nein!", schrie sie und konnte gerade noch ausweichen.

Der Wolf knurrte und jaulte dann, als seine Krallen über die lackierte Oberfläche kratzten, wie ein Hund über Linoleum rutschen würde. Zwei seiner vier Beine glitten von der Theke. Sarah holte zu einem mächtigen Tritt aus und stieß das Tier zu Boden.

Wütendes Bärengebrüll dröhnte durch den Raum. Im Spiegel der Bar konnte sie sehen, wie der Bär einen Wolf durch das zerbrochene Fenster hinausschleuderte. Genau unter der Stelle hindurch, an der die Scherbe mit dem Wort *Saloon* noch immer bedrohlich im Fensterrahmen hing. Sie drehte sich gerade noch rechtzeitig um, um einen Wolf zu erschießen, der wie aus dem Nichts auf sie zu gesprungen kam. Er krachte gegen die Seite der Bar und verschwand aus ihrem Blickfeld.

Sarah wandte sich dem Wolf zu, der hinter die Theke gefallen war, und schoss hastig, als er versuchte, hinter der Ecke in Deckung zu gehen.

„Verdammt noch mal." Schon wieder verfehlt.

Trotz des Tumultes im Saloon hörte sie von draußen weitere Stimmen, die riefen: „Reinheit. Reinheit."

Gott, wie viele mehr waren es denn?

Sie entdeckte den grauhaarigen Mann im weißen Anzug und hob das Gewehr. Hass strömte durch ihr Herz. Das Bedürfnis nach Rache. Das Bedürfnis, den Mann aufzuhalten, der diesen Angriff aus sicherer Entfernung zu überwachen schien. Den Mann, der den Angriff auf ihr Zuhause inszeniert hatte, wie ihr Herz ihr sagte.

Sie hatte ihn genau im Visier.

Sie zielte ein wenig tiefer und nach links, um den Schussfehler des Gewehrs auszugleichen. Sie hatte ihn. Sie würde ihn töten. Jetzt.

Sie drückte den Abzug.

Klick.

Ein schwaches Klicken von Metall auf Metall, aber sonst nichts. Sie hatte ihre ganze Munition verschossen.

„Scheiße!", zischte sie.

„Schnappt sie euch!", brüllte der Mann in Weiß und nutze den Moment aus.

Sarah sprang hinter den Tresen und griff nach den Kugeln, die auf den Boden gefallen waren. Eine... zwei... drei... Sie schob sie durch die Klappe hinein, eine nach der anderen. Eine vierte Patrone lag außerhalb ihrer Reichweite, also ließ sie sie liegen. Sie sprang auf, schlug den Lauf des Gewehrs auf den Tresen, um ihn ruhig zu halten, und zielte auf den Mann – dieses Mal war es ein Mann, kein Wolf –, der mit einem Messer in der Hand von der anderen Seite des Saloons auf sie zustürmte.

Er riss die Augen weit auf, als sie den Abzug drückte. Das Gewehr schlug wild zurück, als ein weiterer Schuss durch den Raum dröhnte.

Sarah erstarrte. Ihr wurde übel, als er zu Boden ging.

Es gab keine Blutlache und keinen erstickten Schrei. Es war, als hätte die Kugel – die Silberkugel – die Lebensader dieser Mischung aus Mensch und Tier durchtrennt.

Silberkugeln... Sie schüttelte den Kopf und war noch nicht ganz bereit, zuzugeben, was dies bedeuten könnte.

Konzentriere dich!

Sie zielte mit dem Gewehr. Auf der linken Seite des Raumes herrschte Chaos. Der Grizzlybär kämpfte um... um...

Sarah erstarrte. Der Grizzlybär kämpfte nicht um sein Leben. Er kämpfte um ihres. Er lenkte den Feind ab.

Soren lockte sie weg.

In ihren Gedanken stiegen die Erinnerungen an Todd, der damals in Montana auf dieselbe Weise für sie gekämpft hatte, wieder auf. Er hatte sein Leben gelassen, um ihr eine Chance zu geben.

Moment, hustete ein Teil von ihr. *Wenn Soren ein Bär war...*

Sie suchte den Raum nach Gefahren ab, während sich ihre Gedanken überschlugen.

Wenn Soren ein Bär war, konnte Todd dann auch ein Bär gewesen sein? Die beiden waren schließlich Cousins.

Ein Schatten bewegte sich zwischen zwei Tischen und sie folgte ihm mit dem Lauf des Gewehrs, während sie auf die Gelegenheit für einen Schuss wartete.

Moment mal, protestierte ein Teil ihres Verstandes. *Wie kann überhaupt jemand ein Bär sein?*

Aber der Rest ihres Gehirns folgte diesen Gedanken wie ein führerloser Zug.

Wenn Todd ein Bär war, bedeutete das...

Ihr Herz sprang fast aus ihrer Brust, als sie die Verbindung herstellte. Soren – ein Bär. Todd – ein Bär. Ihr Baby...

Großer Gott, konnte es wahr sein?

Ein Wolf kam aus seiner Deckung und sie drückte ab, nur um dann fluchend nachzuladen. Ein weiterer Fehlschuss, was bedeutete, dass nur noch eine Kugel übrig war.

Sie schüttelte jeden Gedanken ab und konzentrierte sich auf den Kampf. Das war alles, was in diesem Moment zählte. Alles drehte sich um den Bären, der mit Reißzähnen um sich biss, die so lang und dick wie Finger waren. Ein Wolf lag regungslos auf dem Boden und ein anderer leckte sich den verwundeten Fuß. Drei weitere wechselten sich ab, den Bären herauszufordern, während die anderen sich auf ihn stürzten und versuchten, seinen Hals zu erwischen.

Sarahs Herz klopfte, als sie auf den Lauf schielte und auf eine freie Schussbahn wartete.

Soren, sagte sie sich wieder und wieder. Das war Soren und sie hatte ganz sicher nicht vor, ihn heute Nacht mit einer Silberkugel zu töten.

Zwei Wölfe stürzten sich gleichzeitig auf ihn und sie schrie vor Schreck auf. Der Grizzly bäumte sich auf seine Hinterbeine und holt mit einer gewaltigen Pranke aus, um die Wölfe abzuwehren. Er schmetterte einen gegen einen Tisch, der umkippte und zerbrach.

Ein Schrei entwich ihrer Kehle, als sie den Schaden im Saloon registrierte. Dieser Saloon war Sorens neues Leben, sein Lebensunterhalt. Er, sein Bruder und die anderen hatten so hart gearbeitet, um sich hier einen ehrlichen Lebensunterhalt zu verdienen. Und nun wurde alles zerstört.

Ihr Finger drückte den Abzug, bevor es ihr überhaupt bewusst wurde. Die Wucht des Schusses ließ einen grauschwarzen Wolf durch die zerbrochene Fensterscheibe fliegen.

Mit einem schnellen Drücken und Ziehen lud sie die Waffe erneut, aber die Bewegung hatte nicht den gleichen Widerstand wie die anderen Kugeln. Die Kammer war leer.

„Scheiße." Sie tastete in der Registrierkasse nach einer weiteren Patrone herum.

Kling!

Etwas zischte an ihrem Ohr vorbei. Die Flasche Jim Beam hinter ihr explodierte in tausend kleine Teile.

Der Bär brüllte. Sie duckte sich. Großer Gott, die Angreifer hatten also doch Waffen. Und sie würde darauf wetten, dass es der Grauhaarige war. Der, der sich sicher aus jedem Geschehen heraushielt. Und sie hatte ihn im Visier gehabt, verdammt noch mal!

Sie kroch auf Händen und Knien vorwärts, um zwei weitere Kugeln vom Rand der Gummimatte zu erhaschen. Die letzten beiden. Und es gab noch mindestens fünf Wölfe dort draußen.

Vorsichtig spähte sie um die Seite des Tresens, anstatt der Oberkante, von wo aus sie nur die Flanken des Bären und die schnellen Füße mehrerer Wölfe sehen konnte. Wo war der Mann mit der Waffe?

Sie drückte sich mit dem Rücken an die Innenwand der Bar und rutschte langsam nach oben, während sie nach oben in den Spiegel schaute. Dort! Der Mann in Weiß stieg vorsichtig durch die zerschossene Fensterscheibe und betrat mit erhobener Pistole den Saloon, um nach ihr zu suchen.

Ihr Herz schlug in einem ungleichmäßigen Stakkato-Rhythmus gegen ihre Brust. Sollte sie es riskieren, aufzuspringen und auf ihn zu schießen? Sollte sie lieber an der Seite der Bar herauskriechen und ihn überraschen? Sollte sie–

Der grauhaarige Mann blieb stehen und zielte mit seiner Pistole auf Soren. Fast hätte sie einen Schrei ausgestoßen. Was, wenn auch er mit Silberkugeln schoss?

Sie sprang auf und wollte schießen, hielt sich jedoch zurück, als der Grizzly einen weiteren Wolf durch die Luft fliegen ließ. Er prallte gegen den Mann im weißen Anzug, der stolperte und aus dem Blickfeld verschwand.

„Verdammt." Sie wandte ihren Kopf wieder dem Bären zu. Zuvor hatten drei Wölfe gegen ihn gekämpft, aber jetzt waren es nur noch zwei und einer bewegte sich gerade so weit nach rechts, dass sie–

Sie schwenkte das Gewehr in seine Richtung und schoss. Der Rückstoß der Waffe schlug ihr gegen die Schulter, aber sie registrierte es kaum. Es zählte nichts als der Anblick des fallenden Wolfes.

Ihr blieb ein Schuss für zwei Feinde: für den Wolf, der Soren in den Rücken fiel, und den Anführer der Bande, den sie nicht sehen konnte. Sie machte einen langsamen Schritt vor die Bar. Wo war er? Der Kampf zwischen dem Bären und dem Wolf ging nur zwei Meter links von ihr weiter und sie drückte sich an die Seite der Bar. Sie konnte sich nicht verstecken, während Soren kämpfte. Sie musste ihren Teil beitragen, was bedeutete, den abtrünnigen Anführer zu finden und ihn zu eliminieren.

Die linke Seite der Bar war ein einziges Chaos aus Geräuschen und Bewegungen, während es auf der rechten Seite gespenstisch still war. Wo war ihr Feind? Sie duckte sich und suchte unter dem Billardtisch nach seinen Füßen. Dort war er nicht. Bei den Fenstern? Dort auch nicht. Drüben beim–

Wie aus dem Nichts kam ein Stuhl geflogen und sie duckte sich. Schnell genug, um ihren Kopf zu schützen, aber nicht ihre Schulter, die die Wucht des Schlages abbekam.

Sie streckte die Hände aus, um ihren Sturz abzufangen, und das Gewehr klapperte knapp außerhalb ihrer Reichweite auf den Boden.

Ein Mann gluckste in den Schatten. Der Bär brüllte.

Sie rappelte sich auf – auf Hände und Knie –, aber sie war zu langsam und ungeschickt.

Ein Schatten streckte sich über sie – ein Wolf, der zum Angriff ansetzte. Sie war eine Narrin gewesen, weil sie nicht auf die Wölfe geachtet hatte, die der Bär zur Seite geschleudert hatte. Dieser hier war vielleicht verletzt, aber eindeutig noch nicht geschlagen.

Sie schrie auf, als sich zentimeterlange Reißzähne weit öffneten und direkt auf sie stürzten.

Im Bruchteil einer Sekunde, bevor sie die Augen schloss, erschien eine riesige Pranke in ihrem Blickfeld und schlug den Wolf zur Seite. Ein riesiger Körper trat vor sie und glühte vor Wut. Selbst mit dem Wissen, dass es Soren war, hatte sie eine Heidenangst. Er war so groß. So wütend.

Und wow – er war ein Bär.

Sein Fell kräuselte sich und glänzte, als er sich bewegte. Es wäre so schön gewesen, wenn sie nicht so viel Angst gehabt hätte. Zwei Wölfe näherten sich Soren, einer von jeder Seite, und unmenschliches Knurren drang an ihre Ohren.

„Schnappt ihn!", zischte der Mann hinter den Wölfen.

Schnapp du ihn dir! befahl ihr ihr Verstand. *Schnapp dir den bösen Mann. Rette Soren! Rette das Baby!*

In ihr legte sich ein Schalter um und ihr Blut wurde warm. Ihre Muskeln spannten sich an und eine Welle der Kraft durchströmte sie. Es war wie in den Geschichten, die sie von Müttern gehört hatte, die plötzlich übermenschliche Leistungen vollbrachten – die Autos von verletzten Kindern hoben oder sie aus monströsen Wellen zogen. Es war, als ob all ihre Kraft und Energie, die sie zu verschiedenen Zeiten in ihrem Leben gehabt hatte, auf einmal durch Zeit und Raum strömte und sie mit einem einzigen überwältigenden Drang zu handeln erfüllte.

Sie stürzte sich auf das Gewehr. Alle Luft entwich ihrer Lunge, als sie auf ihren Rippen landete. Aber besser auf ihren Rippen als auf ihrem Bauch, also biss sie den Schmerz zurück.

Steh auf und beende das hier!

Sie drehte sich um und kam auf die Beine, während sie gleichzeitig das Gewehr an ihre Schulter hob. *Klick-klack.* Sie spannte die Waffe und alles lief in Zeitlupe ab. Der Bär erhob sich auf seine Hinterbeine und versuchte, sie zu schützen. Sein Brüllen klang gedämpft in ihren Ohren, als würde ihr Tunnelblick auch die Geräusche verdrängen. Der Mann in Weiß hob seine Pistole, folgte der Bewegung des Bären, und seine Lippen zuckten.

Reinheit. Reinheit.

Irgendwo weiter entfernt knurrte ein Wolf.

Im Geiste zeichnete sie ein Fadenkreuz auf die Brust des Mannes und zielte mit dem Lauf leicht nach unten und links.

Der Bär hätte ihr fast die Sicht versperrt und sie wollte ihn am liebsten anschreien. Sie wusste, was Soren versuchte, – er gab sein Leben für sie hin. Aber verdammt noch mal, so weit würde es nicht kommen. Nicht, wenn sie etwas zu sagen hatte.

Sie wich ihm aus, um eine freie Schussbahn zu haben, und jeder Nerv in ihrem Körper schrie auf, als der Mann in Weiß in ihre Richtung blickte.

Drück ab! Drück sofort ab!

Sie schoss.

Das Pochen ihres Herzens schien lauter zu sein als der Knall des Gewehrs. Die Zeit verging so langsam, dass sie hätte schwören können, die Kugel durch die Luft wirbeln zu sehen. Sie schaute zu, wie sie auf ihren Feind zuraste. So entschlossen und zielstrebig wie ein lebendiges, atmendes Wesen. So als ob auch sie das Ende dieses Albtraums herbeisehnte.

Die Augen des grauhaarigen Mannes weiteten sich, als er seine Pistole herumriss.

Zu spät. Sarah hauchte die Worte. Er kam zu spät. Sie kniff die Augen in dem Augenblick zusammen, bevor die Kugel traf.

Der Rest ihrer Sinne wurde schlagartig in die Echtzeit zurückgerissen. Sie hörte das sterbende Grunzen des Mannes, das vom triumphierenden Gebrüll des Bären überlagert wurde. Der Rückschlag des Gewehrs traf ihre Schulter und schleuderte sie gegen die Bar. Sie knallte dagegen und rutschte zu Boden. Krallen kratzten über die Fliesen des Saloons, als sich der verbliebene Wolf auf den Bären stürzte und das letzte Gefecht eines verlorenen Kampfes entfachte. Ein schmerzverzerrtes Heulen tönte auf, dann das Trampeln von Pfoten und das leise Klirren von Glas, als der letzte Schurke durch das vordere Fenster des Saloons hinaus floh.

Dann war alles, bis auf das schwere Schlagen ihres Herzens, still.

Sarah saß auf dem Boden und stützte sich am unteren Teil der Bar ab. All die Energie, die sie durchflutet hatte, verflog genauso schnell, wie sie gekommen war. Sie konnte nicht denken. Tatsächlich wollte sie es auch gar nicht. Sie wollte einfach nur dasitzen, atmen und die Realität von sich schieben. Die Realität war zu verdreht, um sie jetzt zu verstehen.

Eine lange Minute war es mucksmäuschenstill im Saloon. Sie saß mit geschlossenen Augen da und blendete alles andere aus.

Dann schlich etwas über den Boden und der Luftdruck um sie herum veränderte sich, als sich ein großer Körper näherte. Ein moschusartiger, tierischer Geruch stieg in ihre Nase. Und mit ihm auch ein Hauch von Eiche. Da wusste sie, dass er es war. Soren.

Er schnaufte, als wollte er sie fragen, ob es ihr gut ging.

Sie öffnete die Augen und hätte fast hysterisch gelacht. Nein, es ging ihr nicht gut. Sie war nur wenige Zentimeter von einem bedrohlich anmutenden Grizzlybären entfernt. So viel Fell in ihrem Blickfeld – fast schon zu viel –, und sie wäre beinahe zurückgewichen.

Aber als sie in seine Augen schaute, hielt sie kurz inne. Diese Augen strahlten mit diesem klaren, ehrlichen Blau. Mit der Farbe des Himmels von zu Hause. Niemand sonst hatte solche Augen.

„Soren", flüsterte sie.

Die Nase des Bären bebte nur wenige Zentimeter entfernt.

Er streckte sich ganz langsam vor und als sie instinktiv die Hände hochriss, hielt er inne. Seine Augen wurden vor Kummer dunkel.

Dachte er, sie würde ihn jetzt wegstoßen? Dachte er, sie hätte Angst?

Nun, ja, sie hatte Angst. Riesige Angst sogar. Aber nicht vor ihm. Sie fürchtete sich vor dem, was soeben passiert war – und vor allem, was die Zukunft bringen könnte. Aber Soren? Sie liebte ihn. Das hatte sie immer getan und würde sie auch immer tun.

Schnell hob sie die Hände und schloss sie um seine riesige Schnauze. Sie streichelte das überraschend seidige Fell mit den Daumen und rieb die breiten Wangen. Seine Schnurrhaare waren genauso borstig wie die Bartstoppeln an seinem Kinn, aber seine Ohren waren weich und glatt.

Der Blick in seinen Augen wurde warm und verströmte Dankbarkeit und Liebe, als er näher rückte.

„Soren", flüsterte sie wieder und versuchte, sich klarzumachen, dass dies alles real war. Oder vielleicht war es ein Traum, aber auch das wäre in Ordnung. Hauptsache dieser Albtraum war jetzt vorbei und sie hatte ihn.

Der Bär schmiegte sich sanft an sie. Auf der einen Seite ihres Gesichts und Halses hinauf und auf der anderen Seite hinunter. Sie lachte laut. Ein zufriedenes, brummendes Geräusch entwich seiner Brust und sie umarmte ihn fester. Oder zumindest so viel von ihm, wie sie konnte.

Soren ging es gut. Soren war ein Bär. Ein verdammt wilder Bär, aber jetzt war er gemütlich und kuschelig. Nun, so kuschelig wie ein blutverschmierter, verletzter Bär eben sein konnte.

Sie lächelte und kraulte eine saubere Stelle seines Pelzes mit ihren Fingern. An den kuscheligen Teil könnte sie sich bestimmt gewöhnen.

Ein zerstreuter Gedanke nach dem anderen schwebte durch ihren Kopf. Als sie schließlich in die Realität zurückkehrte, war sie an einen Mann gekuschelt und nicht länger an einen Bären.

Sie blinzelte Sorens nackte Brust an. Seine nackten Arme. Seinen nackten... Wie es schien, war er komplett nackt, obwohl er es kaum zu bemerken schien.

„Oh Gott“, rief sie, als sie die Wunde an seiner Schulter und den blauen Fleck auf seinen Rippen sah. „Soren–“

„Psst.“ Er berührte ihre Lippen. „Es geht mir gut.“

„Aber–“

Er schüttelte den Kopf und sprach leise. „Wir heilen ziemlich schnell.“

Wir? Ein Teil von ihr verstand die Andeutung, aber ein anderer Teil wehrte sie ab. Sie konnte nur so viel auf einmal verarbeiten.

„Also“, sagte sie, nachdem eine lange, unangenehme Minute vergangen war. „Gute Bären, was?“

Er biss sich auf die Lippe. „Ich schätze, ich habe eine Menge zu erklären.“

Sie nickte. „Ja, allerdings. Aber nicht heute Abend. Ich habe für heute genug.“

In dem Augenblick, als sie dies sagte, bewegte sich etwas vor den Fenstern. Soren sprang sofort auf die Füße. Ihr Herz wurde schwer, als weitere Wölfe durch das klaffende Loch sprangen. Noch mehr Angreifer?

Aber anstatt sich zu verkrampfen, entspannte sich Soren, obwohl er sie schützend mit dem Arm hinter sich festhielt.

„Alles in Ordnung“, murmelte er.

Sie fragte sich, was an zwei Wölfen – nein, sogar noch schlimmer – an einem Wolf und einem Bären in Ordnung sein könnte. Ein Bär, der sich auf die Hinterbeine aufbäumte und... und... langsam und ganz allmählich sein Fell verlor. Und da stand Simon, der sich in den Überresten des zerstörten Saloons umsah.

„Heilige Scheiße“, sagte er.

Der Mann war so nackt wie an dem Tag, an dem er geboren wurde, und schien nicht die geringste Scham zu zeigen. Sarah richtete ihren Blick auf den Wolf an seiner Seite.

„Guter Wolf oder böser Wolf?“, flüsterte sie Soren zu.

Simon gluckste. „Das frage ich mich manchmal auch.“

Der Wolf knurrte und schüttelte heftig den Kopf.

„Das ist Jess“, sagte Soren.

Sarah riss die Augen weit auf. Jessica war ein Wolf? Simon war ein Bär?

In ihrem Kopf drehte sich alles und sie legt eine Hand auf Sorens Arm. Sie murmelte: „Heilige Scheiße."

Kapitel 19

Soren hatte verdammt viel zu erklären und er wusste es. Aber Sarah flehte ihn an, es in dieser Nacht nicht zu versuchen. Also hielt er sie einfach nur fest, schmiegte sich an sie und zeigte ihr, dass alles gut werden würde.

Und so war es auch. Irgendwie war es das. Es musste so sein.

Irgendwann würde er ihr alles über Bären und Wölfe erklären müssen – und über abtrünnige Schurken und Blue Bloods und alles andere. Aber noch bevor er sie aus den Trümmern des Saloons in ihr Zimmer bringen konnte, um mit ihr zu sprechen, kamen mehrere Pick-up Trucks vor dem Saloon zum Stehen. Ein Dutzend Männer, Frauen und Wölfe stürzten heraus.

Soren baute sich vor Sarah auf und atmete erst aus, als er sah, wer es war.

Sarah flüsterte über seine Schulter: „Noch mehr Wölfe?"

„Gute Wölfe", versprach er und hielt ihre Hand fest.

Tyler Hawthorne blieb plötzlich in der Tür stehen und musterte die zerbrochenen Fenster, umgestürzten Stühle und leblosen Körper. „Oha."

Seine Gefährtin, Lana, schaute über seine Schulter. „Das kannst du laut sagen. Geht es allen gut?"

Soren nickte erschöpft. „Es geht uns gut."

Er verkniff es sich, *Gott sei Dank* hinzuzufügen, aber verdammt. Es war ziemlich knapp gewesen.

Tyler Hawthorne starrte Soren nach einem weiteren Blick durch den Saloon mit Flammen in den Augen an. Ein *Was zum Teufel ist hier passiert*-Blick, den Soren kühl erwiderte und dabei die Schultern durchdrückte. Tyler mochte das mächtigste

Wolfsrudel des Westens anführen, aber dies hier war Sorens Revier. Sein Clan, sein Sieg.

Die Augen des Alphawolfs funkelten, doch allmählich verflog die Wut darüber, herausgefordert zu werden, und er nickte. Ein Nicken des Respekts, das in Sorens Richtung zielte. Dann winkte Tyler mit einer Hand über den Eingangsbereich, als würde er fragen, *Darf ich reinkommen?*

Soren kostete den Moment voll aus, bevor er antwortete. Tylers kleine Geste war ein riesiger Meilenstein. Das Äquivalent dazu, dass der Alpha die Treppe seines eigenen Ratsgebäudes hinunterkam, um Soren als Gleichgestellten zu empfangen. Von Alpha zu Alpha.

Er stand völlig still und atmete den Moment ein.

Als Sarah mit ihrer Hand über seinen Arm strich, wurde das Glühen in ihm noch wärmer. Strahlender. Stolzer. Hatte er es wirklich geschafft? Hatte er sich endlich seinen Frieden verdient?

Soren warf einen Blick auf Victor Whytes leblosen Körper und schaute dann seinen Bruder an.

Simon nickte mit einem leichten Grinsen. *Frieden. Fühlt sich gut an, nicht wahr?*

Soren hielt Sarahs Hand zwischen seinen beiden Händen. Junge, und wie gut es sich anfühlte.

„Wir sind hergekommen, so schnell wir konnten ", sagte Lana, nachdem Soren die Twin Moon Wölfe hereingebeten hatte. Bislang hatte das Feuer auf der anderen Seite des Blocks die öffentliche Aufmerksamkeit vom Saloon ferngehalten. Und so sollte es auch bleiben. „Ein Feuer, zerbrochene Fenster, tote abtrünnige Schurken? Was ist passiert?"

Meine tolle Gefährtin hat diese Arschlöcher weggepustet, wollte er am liebsten sagen. Aber Sarahs Hände zitterten. Er musste es kurz und bündig machen und sie dann an einen ruhigeren Ort bringen.

„Das Feuer war ein Ablenkungsmanöver." Ein Ablenkungsmanöver, auf das er beinahe hereingefallen wäre. Hätte er nicht Sarahs Schrei in seinen Gedanken gehört, hätte er vielleicht nicht rechtzeitig kehrtgemacht, um ihr zu helfen. Aber verdammt, sie hatte mit diesem Gewehr gefährlich ausgesehen.

Wie eine Bärenmutter in Rage. Sein Bär nickte voller Stolz.

„Der Hinweis auf die Blue Bloods war ebenfalls ein Ablenkungsmanöver." Tyler runzelte die Stirn. „Wir haben die Bande von Schurken auf ihrem Weg nach Yuma ausgeschaltet, aber nicht die Anführer."

Hätte Soren näher neben Victor Whytes leblosem Körper gestanden, hätte er ihm vielleicht einen rachsüchtigen Tritt verpasst.

„Wir haben die Anführer ausgeschaltet", sagte er. *Sarah hat es getan,* hätte er fast hinzugefügt, als er sich an die Kugel erinnerte, die an seinem Ohr vorbeigepfiffen war und Whyte erledigt hatte. Aber Sarah war nicht der Typ, der sich mit dem Tod eines Mannes brüsten würde, selbst wenn dieser Mann ein skrupelloser Mörder war. „Wir haben Victor Whyte erwischt."

„Victor Whyte. . . ", flüsterte Sarah.

Er nickte. „Der Mann, der für die Anschläge in Montana verantwortlich war. Der, der befohlen hat, unsere Familien auszulöschen. Wir haben es geschafft, Sarah. Wir haben die Blue Bloods besiegt."

Tyler Hawthornes Blick fiel auf das Winchester-Gewehr, das quer über dem Tresen lag, und dann auf Sarah. Soren konnte genau erkennen, wie er eins und eins zusammenzählte. Der mächtige Alpha neigte seinen Kopf zu Soren und dann zu Sarah.

Es hätte ein Moment des Triumphs sein sollen, aber Soren spürte nichts außer der Erschöpfung, die sich in Sarahs Augen widerspiegelte.

Kümmerst du dich um das hier? fragte er Simon und machte sich bereit, nach oben zu gehen.

Simon schaute sich im Saloon um. Die Leichen der Abtrünnigen mussten entsorgt und ein Meer von Glasscherben beseitigt werden und er musste mit dem Wolfsrudel Details besprechen – und das war nur der Anfang.

Ich mach das schon, nickte Simon entschlossen. Sein Blick fiel auf Sarah und dann wieder zu Soren. *Kümmerst du dich um sie?*

Soren wusste, dass damit das Gespräch gemeint war, das er bald mit Sarah führen musste. Sehr bald.

Er schaute in ihre müden Augen und sie nickte ihm zu. Aber nicht heute Abend.

Mit einem letzten Nicken zu Tyler, Simon und den anderen legte Soren eine Hand um Sarahs Schultern und führte sie nach oben. Dieses Mal zu seinem Bett, wo er es gerade noch schaffte, seinen Arm um Sarah und das Baby zu legen – *Seine! Sicher! Geborgen!* –, bevor er in einen unruhigen Schlaf fiel.

∞∞∞∞

„Zeige ihn mir", forderte Sarah zwei Tage später. „Zeige ihn mir noch einmal."

Sie war schnell von ihrer hohläugigen Schockstarre dazu übergegangen, ihn über Gestaltwandler auszufragen, bat jedoch erst in der zweiten Nacht darum, seinen Bären zu sehen.

„Zeige ihn mir", wiederholte sie. So entschlossen. So kämpferisch. So mutig.

Gefährtin! jubelte sein Bär. *Meine Gefährtin!*

Er hielt den Atem an und bemühte sich um die langsamste und leiseste Verwandlung seines Lebens, während er betete.

Ich bin es, Sarah. Er sandte den Gedanken in ihren Geist, während er sich verwandelte. *Ich liebe dich. Alles wird gut werden.*

Sie riss die Augen weit auf und spitzte die Lippen, während sie ihn musterte. Er war noch nie in seinem Leben so unsicher gewesen. Seine Reißzähne verbarg er sorgfältig hinter seinen Lippen und die Krallen zog er so weit wie möglich ein. Alles in allem versuchte er, seinen Bärenkörper so klein wie möglich zu machen, obwohl das ein aussichtsloser Kampf war.

Sarah streckte eine zitternde Hand aus, holte tief Luft und fing an, ihn zu streicheln. Zunächst zaghaft und dann immer mutiger, bis sie schließlich beide Hände um seine Schnauze legte und ihm tief in die Augen sah.

Ich liebe dich, Sarah. Ich bin es.

Und gerade als er dachte, sie würde sich abwenden und ihn für immer verlassen, umarmte sie ihn. Eine Mensch-zu-Bär-Umarmung, wie er sie noch nie erlebt hatte. Und Gott, er hatte sich noch nie so wohl gefühlt. Ihr warmer Atem spielte

164

über sein Fell und sie strich den rauen Pelz auf seinem Rücken mit den Händen glatt.

„Gott, Soren. Soren... " Sie schien mehr sagen zu wollen, aber sie brachte nur seinen Namen heraus. Und es reichte.

Sein Bär wagte nicht, sich zu bewegen. Er wagte es kaum zu atmen, aber innerlich führte er einen Freudentanz auf. *Sie liebt mich! Mich!*

Dass er ein Bär war – allen Sternen sei Dank –, schien sie also nicht zu stören.

Aber dann war da noch die Sache mit dem Baby, und die war schwieriger. Sarah wurde ganz furchtbar still, als er sich in seine Menschengestalt zurückverwandelte und ihr alles erklärte. Selbst eine Hälfte Gestaltwandlerblut reichte aus, um das Baby zu einem Bärengestaltwandler zu machen. Es würde schließlich auch in der Lage sein, sich zu verwandeln.

Sarah schaute zu Boden, während er sein Bestes gab, um ihr all die Vorteile des Lebens in einem Bärenclan zu erklären. Die beste Art von eng verbundener Familie der Welt, für immer. Doch egal, wie er es zu erklären versuchte, Sarah blieb nachdenklich und unsicher.

Aber dann schenkte Janna – die er manchmal einfach küssen könnte – Sarah einen kleinen Teddybären und ein lächerlich zottliges Wolfsspielzeug. Janna und Jessica schickten ihn aus dem Zimmer und redeten stundenlang mit Sarah. Über Mädchenkram, nahm er an, obwohl er nicht gedacht hätte, dass es so viel zu besprechen gäbe. Eine Zeit lang war es still im Zimmer. Dann hallte schallendes Gelächter durch die Wände und wurde von unanständigem Kichern unterbrochen.

Simon ging mit einem abwesenden Blick vorbei, der aufzeigte, dass er in Gedanken mit seiner Gefährtin kommunizierte. Er stöhnte. „Mein Gott, und ich dachte, nur Männer reden über solche Sachen." Simon klopfte heftig an die Tür. „Jess! Du musst doch wohl nicht jedes Detail erzählen, oder?"

„Jedes Detail, worüber?", fragte Soren.

Simon rollte mit den Augen. „Sie erzählen Sarah von Paarungsbissen." Er schlug Soren auf die Brust. „Ich verschwinde."

Cole folgte ihm mit einem entschuldigenden Blick und zuckte bei dem Gedanken zusammen, den Janna ihm in den Kopf gesandt hatte. „Musst du wirklich alles teilen, Schatz?"

Soren starrte eine Weile auf die Tür. Er war zwischen Erregung und Verzweiflung hin und her gerissen. Gestaltwandlerpärchen tauschten Paarungsbisse aus, um ihre Bindung zu besiegeln. Man sagte, es handle sich um ein unglaubliches Hochgefühl, besonders wenn es mit dem Höhepunkt des Sexes verbunden war. In tausend düsteren Fantasien hatte er bereits davon geträumt, Sarah zu beißen. Gestaltwandler wuchsen mit diesen Geschichten auf und wussten, dass der Biss keine Gefahr darstellte, sondern nur einen Rausch bescherte. Aber was würde Sarah von dieser Idee halten?

Er pirschte durch den Flur wie ein verdammter werdender Vater vor einem Kreißsaal, während die Frauen sich unterhielten. Als die Tür endlich geöffnet wurde, sprang er zur Seite und blieb schuldbewusst schweigend stehen.

„Sieh an, sieh an. Was haben wir denn hier?", tadelte Janna.

Jessica brach in ein Kichern aus. „Wie lange wartest du denn schon hier, Bär?"

Er machte einen langen Hals und sah Sarah hinter ihnen, die ein Lächeln verbarg, während die anderen beiden sich über ihn lustig machten. Über ihn. Ihn, den Alpha dieses Clans!

So verrückt es auch war, lachte er auch. Aus purer Erleichterung, denn es sah nicht so aus, als würde Sarah ihre Sachen packen oder in Richtung Tür drängeln.

Dann hustete er und funkelte sie an, um die beiden Wölfinnen zu vertreiben. Es ging hier ums Prinzip. Dann betrat er das Zimmer, schloss die Tür und ging zu Sarah, die mit den Stofftieren auf dem Bett saß. Er setzte sich neben sie und ließ ihr ein wenig Freiraum.

„... sind diese ganzen Bärensachen okay für dich?", versuchte er es nach einer Pause.

Sie zog ihn näher zu sich. „Du weißt doch, dass ich etwas für Bären übrig habe."

Und verdammt, ihre Stimme war heiser und ihre Augen strahlten.

So sehr er auch schluckte, der Kloß, der in seinem Hals festsaß, wollte einfach nicht verschwinden.

„Ich wollte es dir so oft sagen. Ich habe es wirklich gehasst, es vor dir zu verbergen. Aber... Aber... “ Er schüttelte den Kopf über all die Jahre voller *Abers* und schämte sich für jedes einzelne davon.

Sarah zog ihn näher zu sich und sie saßen Stirn an Stirn und ließen eine weitere Minute ruhig verstreichen.

„Mit Bären komme ich klar.“ Sarah nickte. „Wenn du mit... “ Sie hob ihre Hand zu ihrem Bauch und löste sich dann von ihm.

Er zog sie sofort zurück. Es war an der Zeit, dass er die Mauer, die zwischen ihnen stand, ein für alle Mal niederriss.

„Wie sollte ich denn nicht mit etwas klarkommen, das ein Teil von dir ist?“

Sie presste die Lippen aufeinander. Er konnte die Zweifel in ihrem Kopf sehen und die unausgesprochenen Worte hören. *Aber dieses Baby ist nicht von dir.*

Er holte tief Luft und legte langsam und vorsichtig seine Hand auf ihren Bauch. „Todd hätte sich um mein Kind gekümmert, als wäre es sein eigenes. Ich werde mich genauso um seins kümmern.“

Als Sarah ihn mit einem noch traurigeren Blick als zuvor ansah, schüttelte er entschlossen den Kopf und fuhr fort. „Nicht, weil ich es muss. Sondern, weil ich es will. Weil es dein Kind ist. Weil dieses Baby Teil meines Clans ist.“

Sie sah so verzweifelt hoffnungsvoll und doch gleichzeitig so verängstigt aus, dass er weitersprach.

„Weil das Baby mein... mein... “ Er suchte nach dem richtigen Wort.

Meins ist? schlug sein Bär vor.

Als er sich daran erinnerte, wie Sarah umringt von Schurken mit dem Gewehr auf dem Tresen gestanden hatte, drohte eine erneute Flut von Wut und Angst ihn zu überschwemmen. Er hatte genauso um das Baby gekämpft wie um Sarah. Er konnte den Gedanken nicht ertragen, einen von beiden zu verlieren.

„Meins ist“, sagte er entschlossen. „Das Baby ist meins.“

Sarah klammerte sich fester an seine Finger.

„Ich meine, ich will, dass das Baby meins ist. Es fühlt sich an wie meins.“ Gott, hatte er das alles überhaupt richtig ausgedrückt? „Ich werde es zu meinem machen, wenn du mich lässt. Ich meine…“

Und Gott sei Dank drückte Sarah in diesem Moment einen Finger auf seine Lippen. Denn er steckte fest, verdammt noch mal. Schon wieder.

„Soren.“

Er schaute sie an. Himmel, war er jetzt derjenige, der verzweifelt hoffte?

Sie nickte. „Ich möchte, dass das Baby deins ist.“

„Wirklich?“ Sein Herz klopft ein wenig schneller, als sein Bär in ihm zu tanzen begann.

Meins!

Sie nickte erneut. „Genauso wie ich die Deine sein will. So wie ich möchte, dass du der Meine bist.“

„Ich gehöre bereits dir.“ Sie war die Eine für ihn, die Richtige. Das war sie immer gewesen und würde es immer sein.

Sie strich mit einem Finger über seine Wange und lächelte. Dieses Grinsen war fast ein wenig verführerisch. Und ganz plötzlich schlug sein inneres Thermometer auf heiß um.

„Ich meine, ganz und gar die Deine, mein Liebster.“

Er blinzelte sie an. „Ganz und gar? Du meinst…“

Sie legte ihre Hände auf seine Schultern und zog ihn an sich.

„Ganz und gar“, flüsterte sie in sein Ohr.

Der Duft ihrer Erregung stieg in seine Nase. Er erfüllte den ganzen Raum und sein eigener Duft folgte sofort. Er war bereits hart. Begierig. Und so, so bereit, seine Gefährtin in Besitz zu nehmen.

„Meinst du mit ganz und gar…“, murmelte er, als sie sich auf die Matratze senkten. Gott, sie auf diese Weise zu ihm aufschauen zu sehen…

„Einen Paarungsbiss.“ Sie knabberte an seinem Ohr. „Jess und Janna haben gesagt, dass es ziemlich unglaublich ist.“

„Nur ziemlich unglaublich?“ Sie lachte und der letzte Rest der Anspannung fiel von seinen Schultern ab. „Ich zeige dir, was unglaublich ist“, sagte er und nahm ihre Lippen mit den seinen in Besitz.

Und dann war er an der Reihe, stundenlang mit Sarah in diesem Zimmer eingeschlossen zu sein. Und nicht, um zu reden, es sei denn vielleicht um seine Taten sprechen zu lassen. Wie seine langen, ausdauernden Küsse auf ihren Bauch und ihre Brüste. Wie das schichtweise Ausziehen ihrer Kleidung. Wie sich an ihrem ganzen Körper zu reiben, um sie als sein Eigentum zu markieren.

„Gott, du bist so wunderschön", murmelte er in ihr Ohr. Sie hatte die Augen geschlossen und den Kopf nach hinten geneigt. Als er seine Lippen um ihre Brustwarze schloss...

„Oh!", stöhnte sie und krümmte ihm ihren Körper entgegen.

Sie ließ ihre Hände über seinen Körper huschen, ohne sich auf eine bestimmte Sache zu konzentrieren. Diese flüchtigen kleinen Berührungen an seinen Schultern, seinem Hintern und seiner Brust erregten ihn nur noch mehr. Als sie ihre Faust um seinen harten, sehnsüchtigen Schwanz schloss, stöhnte er auf.

Mach sie zu unserer! brüllte der Bär in ihm.

Gott, er war bereits so kurz davor, selbst zu kommen. So, so nah dran zu beißen. Sie für immer zu der Seinen zu machen. Aber er wollte es nicht überstürzen, auch wenn es ihn umbringen würde.

Mit der Hand, mit der er ihre Brust geknetet hatte, glitt er nun über ihren Bauch und an ihrem Schamhügel hinunter. Vertrautes Gebiet und doch fühlte es sich wie ihr erstes Mal an.

Meine wunderschöne Gefährtin, sang sein Bär, als er mit einem Finger durch ihre Schamlippen fuhr.

„Soren", stöhnte sie und krümmte sich unter ihm.

Gott, sie war unglaublich. Sie hatte sich den Blue Bloods entgegengestellt wie eine Kriegerin, aber jetzt war sie wieder ganz Frau.

Ganz die Meine. Meine!

Sein Schwanz schmerzte sehnsüchtig, als er ihr Inneres berührte. Er konnte es nicht erwarten, in ihre enge, heiße Scheide zu gleiten.

Nimm sie! Mach sie zu der Meinen!

„Soren", keuchte sie und warf ihren Kopf zurück. Er blickte auf die weiße makellose Haut und sein Herzschlag beschleunigte sich.

Beiße sie. Nimm sie. Mach sie zu der Meinen.

Wie er diesem Drang in der Vergangenheit so oft hatte widerstehen können, wusste er nicht. Seine Eckzähne verlängerten sich und er konnte es dieses Mal nicht zurückhalten. Er wollte es nicht zurückhalten.

„Tu es", rief sie. „Beiße mich. Mach mich zu der Deinen."

Er neigte seinen Kopf an ihre Brust und keuchte dort für ein oder zwei Sekunden lang. „Die Verpaarung ist für immer, Sarah. Sie wird dich auch zu einem Bären machen", brachte er zwischen schweren Atemzügen hervor. Hatte sie das verstanden? War sie sich sicher?

„Ich wollte schon immer die Ewigkeit", sagte Sarah. „Ich wollte dich schon immer."

Jeder Muskel in seinem Körper schrie ihn an, dass er zubeißen solle. Dies war der Moment. Kein Warten mehr. Kein Hoffen mehr. Kein Wünschen mehr.

Er rutschte wieder an ihrem Körper hinauf und erstickte sie fast mit seinem Kuss. Sie krümmte sich gegen ihn und bettelte nach mehr.

„Sarah", knurrte er und vergewisserte sich, dass dies real und nicht nur ein Traum war.

So, so real, heulte sein Bär. Und so viel besser als jeder verdammte Traum.

Sie stöhnte und presste ihm ihre Hüfte entgegen.

Er küsste ihren Hals ein Dutzend Mal, während er sie so sanft drehte, wie er es seinem halbverrückten Bären abverlangen konnte, um sie auf alle viere zu ziehen. Als sie ihren Rücken krümmte und den Kopf hob, fielen ihre Haare zur Seite und entblößten ihren Hals.

Dort, heulte sein Bär und peilte das weiche Fleisch an. *Genau dort.*

Er kniete sich hinter sie und rieb mit den Händen über ihren Hintern. Dann rutschte er in die richtige Position.

„Soren…"

Er stieß zu und ihre Stimme erhob sich zu einem Freudenschrei.

„Ja. Ja…" Sie stieß mit der Hüfte gegen seine und hätte genauso gut schreien können, *Tiefer! Schneller!*

Gefährtin! Meine Gefährtin!

Er stieß in sie und wieder heraus, bis ihre Schreie gleichmäßiger wurden und sie beide in einen Rhythmus verfielen, bei dem sie sich zur gleichen Zeit bewegten.

„Ja… "

Er beugte sich vor und kratzte mit den Zähnen über ihren Hals.

„Beiße mich", hauchte sie.

Er schob ihr Haar beiseite, leckte über ihre Haut und explodierte fast angesichts der Flut von Empfindungen. Der enge Druck ihrer inneren Muskeln um seinen Schwanz. Das heiße Reiben, wenn er hineinstieß und herausglitt. Das weiche Gewicht ihrer Brüste in seiner Hand und ihr Duft, der an ihrem Hals am intensivsten war.

Sie rief mit ihrem Körper, ihrer Stimme und ihrem Geist nach ihm. *Nimm mich, mein Liebster.*

Er zog die Lippen zurück, drückte seinen Mund an ihren Hals und ließ seine Zähne in ihre Haut sinken. So langsam und vorsichtig, wie er nur konnte, während er weiter von hinten in sie stieß. Denn er konnte es genauso wenig aufhalten, wie er aufhören konnte, zu atmen oder in diesem Lustschmerz zu schwelgen.

Es gab keinen Schreckensschrei und kein spritzendes Blut. Nichts als Sarahs tiefes Stöhnen der Lust und ein gleichmäßiges Pulsieren unter seinen Zähnen. Ihre Lebenskraft, die nach ihm rief.

Schicksal, sagte sein Bär. *Das Schicksal will es so.*

Er konnte nicht daran zweifeln, denn ihr Fleisch spaltete sich, als hätte sie all diese Jahre auf seinen Biss gewartet.

Er biss tiefer zu und hielt seine Lippen über ihrer Haut versiegelt.

Mit der Hüfte stieß er härter und härter und jeder Muskel in ihm spannte sich an, als er in ihr explodierte.

Gefährtin! Meine Gefährtin!

Es war ein Hochgefühl, wie er es noch nie erlebt hatte, oder es sich auch nur hätte vorstellen können. Eine Verbindung, die über die Spitzen seiner Zähne und seinen pulsierenden Schwanz hinausging und tief, tief in seine Seele reichte.

„Sarah." Er hielt sie fest, als sie erschauderte und aufschrie.

Erlösung. Süße, süße Erlösung. Die unsichtbare Last, die so lange auf seine Seele gedrückt hatte, hob sich und flatterte wie ein übersättigter Raubvogel davon. Alles flog davon. Der Raum, das Licht und die Geräusche der Straße unter ihnen. Alles außer dem Gefühl, dass Sarah mit ihm verbunden war.

Sie murmelte seinen Namen wieder und wieder und erschauderte dann in einem zweiten Nachbeben. Er hielt an seinem Paarungsbiss bis zum Ende fest und ließ sie erst langsam los, als sie unter ihm schlaff wurde.

Sie sanken auf die Seite und klammerten sich so fest aneinander, wie es ihre erschöpften Glieder zuließen. Er küsste ihren Hals ein Dutzend Mal, während sie unter seinen Berührungen geradezu schnurrte.

„So, so gut", murmelte sie ganz benommen.

So, so meine, wollte Soren sagen.

Dann sage es, drängte sein Bär. *Sie ist es.*

Er schloss die Augen und genoss das Gefühl dieser Wahrheit. Es war das Kribbeln auf seiner Haut und wie ein Glühen um ihre Körper. Endlich – endlich! – gehörte Sarah ihm. Er gehörte ihr. Für immer.

Er strich mit einer Hand über ihre Wange und rollte sich näher an sie heran.

„Meine!", flüsterte er. „Meine wunderschöne Gefährtin."

Als sie seufzte und sich zu ihm umdrehte, um ihn über ihre Schulter hinweg anzusehen, wäre er angesichts der Liebe in ihren Augen fast dahingeschmolzen.

„Was gibt's denn zu sehen?", murmelte sie. Ihre Augen strahlten und ihr Puls raste unter seiner Hand.

„Dich", flüsterte er. „Dich."

Epilog

Vier Monate später...

Sarah gähnte und öffnete ein Auge. Was war das für ein summendes Geräusch? Verschlafen ließ sie ihren Blick umherschweifen und konzentrierte sich auf den Raum. Das blassrosa Licht der Morgendämmerung drang durch die Vorhänge, die über den geschwungenen Fenstern hingen und strahlte auf die Bücherregale an einer Wand. Echte Bücherregale, denn sie hatten die kahlen Wände in ihrem Zimmer endlich in einen gemütlichen Raum verwandelt. Sorens Zimmer war ihr privates Wohnzimmer geworden und das dritte Zimmer in ihrer Ecke der verwinkelten Wohnung über dem Saloon war das Kinderzimmer. Obwohl sie noch nicht dazu gekommen waren, das Kinderbett dorthin zu verlegen. Es stand immer noch in ihrem Schlafzimmer in der Nähe des sichelförmigen Nachtlichts, das schwach in einer Ecke des Raumes leuchtete. Aus dieser Ecke kam das Summen zusammen mit dem leisen Knarren des Schaukelstuhls.

Ein leises Glucksen ertönte und das Summen brach ab.

„Psst", flüsterte Soren dem Bündel zu, das er eng an seine Brust geschmiegt hatte. „Mommy schläft."

Sie verbarg ihr Lächeln und beobachtete, wie er seine Nase an dem kleinen Baby rieb. Soren passte kaum in den Schaukelstuhl und das Baby schien zu winzig für seine massigen Hände. Und doch sah es so gemütlich aus, so heimelig. So friedlich.

„Wir müssen Mommy schlafen lassen. Daddy ist ja da", murmelte er und begann wieder zu summen.

Sein tiefer leiser Bass tönte durch den Raum und sie hätte fast zurückgesummt. Sorens Summen beruhigte nicht nur das

Baby – es beruhigte auch sie. Ihr wurde ganz warm und sie wurde wieder schläfrig.

Gott sei Dank war es Montag, der Ruhetag für den Saloon und das Café. Ein entspannter Tag für alle in ihrem kleinen Rudel.

Rudel, Clan; was auch immer. Jess und Janna nannten ihre aufstrebende kleine Gruppe gern ein Rudel, während Simon und Soren darauf bestanden, sich einen Clan zu nennen. Cole war vorsichtig und hielt sich neutral, indem er beide Griffe abwechselnd benutzte. Und Sarah – nun, sie nannte es einfach Zuhause. Ein Zuhause ohne Angst und Furcht, jetzt, da die Blue Bloods verschwunden waren. Wirklich verschwunden. Es war ein Zuhause voller grenzenloser Liebe für das Baby – nicht nur ihre Liebe, sondern auch Sorens. Sorens und auch die aller anderen. Wenn sie nicht aufpasste, würde das Baby völlig verwöhnt aufwachsen.

„Mein kleiner Teddybär", nannte Jess ihn, wenn sie und Janna sich darum stritten, wer wann babysitten durfte.

„Mein kleiner Teddy", schoss Janna zurück.

„Mein kleiner Teddy", würde Soren dann knurren, um seinen Anspruch geltend zu machen. Dann würde er das Baby an sich ziehen und flüstern: „Mein kleiner Teddy."

Ein Flüstern. Ein Versprechen. Eine rosige Zukunft. Sarah seufzte, wenn sie daran dachte.

Soren war dafür gewesen, das Baby Todd zu nennen, aber sie hatte darauf bestanden, es ein wenig abzuwandeln, indem sie ihn Ted nannte. Vorerst wurde er Teddy genannt. Das Wichtigste war, so dachte sie, dem Kind gegenüber ehrlich zu sein, wer es war und wie es zustande gekommen war, ohne es mit der Vergangenheit zu belasten.

Aber diese Erklärungen würden später kommen, wenn das Baby größer war. Jetzt ging es nur darum, ihm das Gefühl zu geben, geliebt zu werden. Das und zu schlafen, denn der kleine Kerl war verrückt nach seiner Milch und schon zweimal in dieser Nacht aufgewacht. Allein der Versuch, mit ihm mitzuhalten, erschöpfte sie.

Soren erwischte sie beim Gähnen und schenkte ihr ein Lächeln.

Guten Morgen. Er sandte die Worte direkt in ihren Kopf.

Das war einer der Vorteile, wenn man ein Gestaltwandler war – sie und Soren konnten kommunizieren, ohne das Baby zu stören. Und das war nur der Anfang. Sie hatte sich bisher nur ein paar Male in ihre Bärengestalt verwandelt und so unbeholfen sie sich mit der Koordination von vier Füßen auch fühlte, hatte Soren sie stets angesehen, als sei sie das schönste Geschöpf auf Erden. Genauso wie er sie jetzt ansah, obwohl ihr Haar zerzaust und ihr Gesicht vom Kopfkissen zerknittert war.

Guten Morgen, antwortete sie. Ihr Herz schwoll in ihrer Brust an, nur wenn sie ihn ansah. Ihr Mann. Ihr Baby. Ihre Familie, sicher und geborgen.

Meine, meine, meine, sagte die Stimme, die sie als die ihres inneren Bären erkannt hatte. Sie klang genau wie ihre Stimme, nur eine Oktave tiefer, und bei Weitem nicht mehr so beängstigend wie am Anfang. Der Bär war jetzt ein Teil von ihr. In gewisser Weise war es schon immer so gewesen.

Jeder Mensch hat ein Tier in sich, hatte Soren schon früher erklärt. *Ein Gestaltwandler zu sein, bringt es nur zum Vorschein.*

Was auch Sinn ergab. In jener schrecklichen Nacht des Angriffs der Blue Bloods hatte sie eine innere Wut und einen Mut gespürt, von denen sie nicht einmal gewusst hatte, dass sie sie besaß.

Aber natürlich waren das Denken wie ein Bär und die tatsächliche Verwandlung in einen Bären zwei ganz verschiedene Dinge. Und sie war bei ihren ersten Versuchen, ihre Gestalt zu wandeln, fast in Panik geraten. Wollte sie wirklich spüren, wie sich ihre Zähne durch ihr Zahnfleisch bohrten und wie sich ihre Hände in Pfoten verwandelten? Andererseits war ein Teil von ihr auch begierig darauf gewesen, sich zu verwandeln – der tierische Teil, wie sie vermutete. Aber es war zu riskant gewesen, sich zu verwandeln, bevor das Baby geboren wurde, also hatte sie eine Ausrede gehabt, den Versuch für eine Weile aufzuschieben.

„Bereit?", hatte Soren gefragt, als er sie nach der Geburt des Kindes das erste Mal mit in den Wald genommen hatte.

Bereit, hatte ihre Bärendame gebrummt und sie war fast aus der Haut gefahren, als sie die Stimme durch ihren Kopf dröhnen gehört hatte. *So, so bereit.*

Jessica und Janna waren begeistert gewesen, für ein paar Stunden auf das Baby aufzupassen, so dass sie keine Ausreden mehr hatte. Außerdem war der innere Drang nicht länger zu ignorieren gewesen. Also hatte sie tief Luft geholt und genickt.

„Sag mir, was ich tun soll."

„Ähm…" Soren dachte eine Weile darüber nach. Als geborener Gestaltwandler hatte er nie über die Verwandlung nachdenken müssen. „Pelzige Gedanken denken?"

Das brachte sie natürlich überhaupt nicht weiter. Aber dann überflutete Soren ihren Geist mit einem Dutzend Bilder. Auch mit Düften und Gerüchen, wie dem süßen Nektar von Wildblumen und dem köstlichen Knistern von Honigwaben, wenn man sie in Stücke biss. Das wohlige Gefühl, wenn Gras ihren Bauch kitzelte, wenn sie sich auf alle viere bückte, und–

Heilige Scheiße, platzte es Sekunden später aus ihr heraus. *Ich bin ein Bär.*

Sie war tatsächlich ein Bär. Sie hatte es geschafft.

Die schönste Bärendame auf der Welt. Soren sah genauso stolz aus, wie wenn er das Baby im Arm hielt.

Mit seiner Hilfe war die Verwandlung viel einfacher gewesen, als sie es erwartet hatte. Es war sogar aufregend, so im Einklang mit der Natur zu sein und eine solche Kraft zu besitzen. Sie hatten einen langen Spaziergang durch die Berge unternommen, Seite an Seite, und sie hatte sich von all den Eindrücken, die ihre scharfen Bärensinne überfluteten, wie betrunken gefühlt.

„Ich habe es geschafft! Hast du das gesehen? Ich habe es geschafft!", hatte sie geschrien, als sie sich am Ende des Abends zurückverwandelt hatte.

Soren hatte von einem Ohr zum anderen gegrinst und sie fest umarmt. „Ich wusste, dass du es kannst." Dieser Mann hatte ein so grenzenloses Vertrauen in sie, dass es beängstigend war.

Aber er hatte recht. Sich zu verwandeln, war ihr genauso unheimlich erschienen, wie Mutter zu werden, aber sie war auch in diese Rolle hineingeschlüpft. Sie wusste genau, wie sie das Baby halten musste, wie sie mit ihm gurren musste, wann sie es halten und wann sie es hinlegen musste.

Alles fügte sich. Sie, Soren und das Baby waren in einem herzlichen und akzeptierenden Clan von sieben Personen ein zufriedenes kleines Trio geworden.

„Nicht der größte Clan in der Geschichte", hatte Soren einmal gesagt und den Kopf geschüttelt.

„Vielleicht nicht der größte, aber der beste", hatte Janna geantwortet.

„Und wir werden es weit bringen. Stimmt's nicht, mein Schatz?" Jessica hatte sich an das Baby gekuschelt, als wäre es ihr eigenes.

Und tatsächlich hatten sie es bereits weit gebracht. Alle hatten an einem Strang gezogen, um den Saloon zu restaurieren. Das Geschäft dort und im Café florierte. Dank Sarahs erhöhter Fähigkeit zu heilen – ein weiterer Vorteil, den sie als Gestaltwandlerin genießen durfte –, hatte sie sich zügig von der Geburt erholt und war bereits nach ein paar Wochen wieder einsatzbereit. Soren kümmerte sich vormittags um das Baby und sie übernahm die Nachmittage. Es war zwar anstrengend, aber es funktionierte gut, da sie sich zu jeder Tageszeit sehen konnten.

„Endlich einmal ein Vorteil, sein eigenes Geschäft zu führen", hatte Soren gesagt. Es klang eher nach Stolz als nach einer Beschwerde.

Trotzdem war es montags immer noch am schönsten. Sarah streckte sich und genoss das Gefühl der weichen Baumwollbettwäsche auf ihrer nackten Haut. Ganz nackt, denn es hatte keinen Sinn, einen Schlafanzug zu tragen, den sie nur wieder ausziehen musste, sobald ihr Gefährte übermütig wurde – oder wenn sie diejenige war, die die Stimmung anheizte. Ein weiterer Nebeneffekt des Bärendaseins, vermutete sie – ihre Libido war mit voller Wucht zurückgekommen, kurz nachdem sie sich mit ihrem Neugeborenen eingelebt hatte.

Mmm, grummelte ihre innere Bärin und dachte bereits an all den Spaß, den sie mit ihrem Gefährten haben könnte, sobald er zurück ins Bett käme. Sie würde damit anfangen, sich an ihm zu reiben – und Junge, Soren war ein Meister darin – und dann würden die Dinge ihren Lauf nehmen.

Ein wunderschöner Morgen, sagte sie zu ihrem Gefährten.

Als Soren nickte, glühten seine Wangen mit mehr als nur dem goldenen Licht der Morgendämmerung. Er sagte nicht viel – das tat Soren nie –, aber er hielt die Hände und Füße des Babys hoch und betrachtete jeden winzigen Finger und jeden Zeh, als wären sie ihr eigenes kleines Wunder. Er murmelte etwas, das zu leise war, um es zu hören, und küsste das Köpfchen des Babys. Dann legte er es in das Meisterwerk einer Krippe, die er stundenlang in der Holzwerkstatt gebaut hatte. Soren hatte sich um jedes Detail bemüht und darauf bestanden, dass das Baby nur das Beste verdiente. Er stand eine lange Zeit da und rückte die Decke, das Kissen und ein halbes Dutzend unnötige Dinge zurecht. Dann kletterte er zurück ins Bett und schmiegte sich an sie.

„Guten Morgen", brummte er direkt in ihr Ohr.

Sie drehte sich um und schlang ihr Bein um das seine, als sie ihn angrinste. „Ja, das ist es, mein Schatz. Ja, das ist es."

Sneak Peek: Verlangen des Gefährten

Ein Held, tot geglaubt. Eine Frau, die sich weigert, aufzugeben. Ein gemeinsames Schicksal.

Anna Boone will die Suche nach ihrer Cousine Sarah, die alle für tot halten, nicht einstellen. Und sie weigert sich auch, den verwundeten Bären aufzugeben, der neben der Asche des Hauses ihrer Cousine aufgefunden wurde. Da ist etwas tief in seinen Augen und in seiner Seele, dem sie einfach nicht widerstehen kann. Etwas Besonderes. Etwas... fast Menschliches. Als ihre Suche nach der Wahrheit sie in den Blue Moon Saloon führt, entdeckt Anna mehr, als sie erwartet hätte – und führt einen tödlichen Feind unwissentlich zu denen, die sie am meisten liebt.

Weitere Titel von Anna Lowe

Die Bären des Blue Moon Saloons

Perfekte Gefährten (die Vorgeschichte)

Verlangen des Bären (Buch 1)

Verlangen des Wolfes (Buch 2)

Verlangen des Alphas (Buch 3)

Verlangen des Gefährten (Buch 4)

Verlangen der Wölfin (Buch 5)

Süßes Verlangen (ein Festtagsschmaus)

Aloha Shifters - Juwelen des Herzens

Der Ruf des Drachen (Buch 1)

Der Ruf des Wolfes (Buch 2)

Der Ruf des Bären (Buch 3)

Der Ruf des Tigers (Buch 4)

Die Verlockung des Drachen (Buch 5)

Der Ruf des Fuchses (Buch 6)

Aloha Shifters - Perlen des Verlangens

Drachenrebell (Buch 1)

Bärenrebell (Buch 2)

Löwenrebell (Buch 3)

Wolfsrebell (Buch 4)

Rebellenherz (Buch 5)

Alpharebell (Buch 6)

Töchter des Feuers - Billionaires & Bodyguards

Töchter des Feuers: Paris (Buch 1)

Töchter des Feuers: London (Buch 2)

Töchter des Feuers: Rom (Buch 3)

Töchter des Feuers: Portugal (Buch 4)

Töchter des Feuers: Irland (Buch 5)

Töchter des Feuers: Schottland (Buch 6)

Töchter des Feuers: Venedig (Buch 7)

Töchter des Feuers: Griechenland (Buch 8)

Töchter des Feuers: Schweiz (Buch 9)

Die Wölfe der Twin Moon Ranch

Verlockung des Jägers (Buch 1)

Verlockung des Wolfes (Buch 2)

Verlockung des Mondes (Buch $2\frac{1}{2}$ – Vier Kurzgeschichten)

Verlockung des Alphas (Buch 3)

Verlockung der Wölfin (Buch 4)

Verlockung des Herzens (Buch 5)

Weihnachtsverlockung (Buch 6)

Verlockung der Rose (Buch 7)

Verlockung des Rebellen (Buch 8)

Verlockende Begierde (Buch 9)

Gestaltwandler in Vegas

Paranormal romance with a zany twist.

Gambling on Trouble

Gambling on Her Dragon

Gambling on Her Bear

Karibische Abenteuerromantik

Funken der Lust

Prickelndes Wagnis

Süße Verstrickung

Verlockende Tiefe

Sinnliche Strömung

Travel Romance

Im englischen Original bei Amazon erhältlich.

Veiled Fantasies

Island Fantasies

www.annalowe.de

Über Anna Lowe

USA Today und Amazon Bestseller Autorin Anna Lowe schreibt fesselnde Romane mit tatkräftigen Heldinnen und unwiderstehlichen Helden in exotischen Umgebung, mit jeder Menge Zündstoff für scharfe Romantik.

Sie liebt Hunde, Sport und Reisen, die auch die Inspiration für Ihre Bücher liefern. Wenn Anna nicht gerade in die Arbeit an ihrem nächsten Buch vertieft ist, kannst Du Sie am Wochenende beim Wandern in den Bergen antreffen. Egal wo und wie – sie wird den Tag mit einem leckeren Stück Zartbitterschokolade ausklingen lassen.

Einfach mal vorbeischauen, auf **www.annalowe.de**.